Corinne David-Deunailles

L'enfant des trois soleils

Préfacé par Hubert Haddad

Récit

Rivière Rouge

En couverture : *L'océan* 25-5-07 (5). de Jérôme Bost
avec l'aimable autorisation de l'artiste

ISBN 978-2-494119-03-1

À David

À nos enfants chéris, Tomás et Jane

Dans l'autobus de Bogotá, la petite Indienne assise à côté de moi, me voyant pleurer, m'avait dit : « Madame, pourquoi tu pleures ? Ton mari est mort ? » Cette éventualité, qui m'avait fait sourire à l'époque, est devenue dix ans plus tard une brutale réalité, à peu de jours près, au moment où j'achevais ce texte. David en avait lu un brouillon déjà avancé et surtout, il a pu joindre sa voix au récit. Discrète collaboration ô combien précieuse à mon cœur.

Préface

Décliné du latin *adoptare*, signifiant souhaiter ou choisir, le mot adoption désigne un processus de pensée puis d'accomplissement qui engage la vie entière. Le désir d'aimer est à la source de toutes nos attentes, concernant les choses les plus graves et réfléchies de l'existence. L'adoption d'un enfant dont on ignore tout, c'est véritablement pour une mère se hausser au-dessus des préjugés, certes légitimes, de parentèle et de génération, dans l'accueil pur et simple de l'altérité d'où qu'elle vienne, celle-ci étant par essence universelle. L'appel des origines, après avoir tissé année après année des liens affectifs indissolubles, la famille adoptive presque fatalement s'y trouve confrontée un jour, a fortiori lorsqu'il s'agit d'une adoption internationale (ici entre France et Colombie). La quête d'identité réelle ou rêvée devient alors enquête, et l'on imagine le bel effort de confiance et d'amour qu'il faut à chacune des parties pour surmonter la peur de l'abandon, voire de la défaveur, aux heures de l'odyssée. « Nous trouvions ce voyage légitime et nécessaire, écrit Corinne David-Deunailles, à ceci près que le fossé est parfois grand entre raison et émotion, et que ce que la logique nous dictait était assiégé et sapé en douce par mille inquiétudes qu'il a fallu combattre pied à pied ». La leçon d'un tel livre est d'abord éthique : l'enfant d'ailleurs et les parents d'ici ont découvert que nul n'est étranger dans la sphère humaine, et qu'il n'y a pas d'ici sans ailleurs. « Je sais que pour écrire, ajoute l'auteure, il faut tirer le fil de l'authenticité, mais comment être authentique sans être impudique ? Que raconter et pour qui ? » Nous sommes tous un peu les adoptés de mondes inconnus.

Hubert Haddad, écrivain

18 juillet 2007, Avignon

Mes pas résonnent sur le pavé de la rue de la Carreterie, silencieuse à cette heure tardive ; la bruissante place des Carmes est provisoirement désertée par les festivaliers, touristes, distributeurs de tracts, parades de spectacles. Il doit être une heure du matin, le Mistral est enfin tombé, la nuit est douce, l'air transparent. La plupart des représentations ont pris fin depuis longtemps, seuls les spectateurs de la Cour d'honneur s'égaillent dans la ville ; certains boivent un dernier verre à la terrasse de la Civette qui va bientôt fermer, d'autres se pressent de rentrer chez eux prendre un peu de repos avant d'affronter l'agitation artistique, touristique, et la fournaise météorologique du lendemain. J'ai encore la tête pleine des images furieuses du *Roi Lear,* malmené par de tempétueuses bourrasques, manifestation de la présence invisible de l'auteur. Soudain, la sonnerie de mon téléphone déchire le silence, me tirant brusquement de ma rêverie :
« Allô, maman ? J'ai rencontré ma mère »

Plantée au milieu de la chaussée, je reste muette quelques secondes interminables. Là-bas, il doit être 18 heures. Bien sûr, j'attendais impatiemment cet appel qu'en même temps je redoutais sans bien savoir pourquoi. Tous deux émus à 6 000 kilomètres de distance, seuls et ensemble.

Me reviennent pêle-mêle des images. Roissy il y a quinze jours, lui et moi comme shootés, électriques, tendus, à côté de nos pompes. Incapables d'articuler un mot, au-delà de ceux qu'on échange sans y penser dans un aéroport quand l'un part et l'autre pas. Tu as emporté tes médicaments ? Évidemment, ma pauvre, qu'il y a pensé. Tu nous enverras un message pour dire que tu es bien arrivé ? Pas de nouvelles, bonnes nouvelles, tout à fait son genre, lui l'affectueux, le tendre ! Ça va être long le transit à Madrid… Maman, tu peux rentrer à la maison si tu veux, je vais me débrouiller, maintenant. Oui, oui, c'est sûr, ai-je dit sans bouger. Des idées folles me traversent l'esprit ; mes alarmes, pour une bonne part, sont irrationnelles. La pire de toutes : et s'il ne revenait pas ? Dans un vertigineux renversement de situation, j'imagine qu'il pourrait nous abandonner. Je n'y crois pas une seconde, mais c'est pour conjurer l'hypothèse. La plus angoissante : et si cette aventure lui faisait du mal… La plus probable, et très troublante, car tellement vague : il va revenir autre, définitivement autre, mais autre comment ?

Il a raison, mieux vaut se quitter tout de suite pour ne pas prolonger cet insupportable instant de séparation – situation qu'il a en horreur depuis toujours, comme si, à chaque fois, se rejouait la séparation initiale, menace atomique. Impossible de dissoudre la densité de stress qui m'envahit. Je bredouille, il ne finit pas une phrase, je tente un sourire et n'obtiens qu'une petite moue idiote. La torture a assez duré pour nous deux. Encore que lui semble dans un état second, pas vraiment nerveux. Tranchons dans le vif. Un bisou, deux, trois… Tu donnes des nouvelles en arrivant à Bogotá… *buen viaje querido, adios.* Comme si je m'arrachais à un mauvais rêve, j'entame ma sortie sans le quitter des yeux, un ultime au revoir de la main, des bises envoyées de loin, j'avance à reculons tout en essayant de décrypter l'expression de son regard, trop engluée dans mon émotion pour déchiffrer quoi que ce soit, juste vaguement coupable de l'abandonner, forcément…

Seule, au volant de ma voiture, je suis quelque peu hébétée, le cerveau vide de toute pensée, en pilote automatique. Peut-être suis-je en train de m'enfoncer dans une sorte de catalepsie éveillée qui durera jusqu'à son retour. En mon absence, la voiture ne sait pas reconnaître d'elle-même le chemin de la maison. On ne peut compter sur personne ! La bretelle de l'autoroute ratée, me voilà dans un cul-de-sac industriel.

La blague me réveille vaguement et me fait rire. Deux semaines plus tard, son père connaîtra exactement la même mésaventure en allant le chercher à Roissy, même bretelle ratée, même cul-de-sac industriel.

Nous parlions de ce voyage depuis longtemps. Nous le lui avions promis pour ses 16 ans, – pourquoi 16 ans ? À l'époque, la date nous semblait très lointaine et ne nous engageait que faiblement, croyait-on – à l'été 2001 nous ferions le voyage à la recherche de ses origines colombiennes. À l'échéance, nous avons vite compris que fixer une date théorique avait été une erreur. C'était trop tôt, il n'était pas prêt, pas encore vraiment concerné. Par ailleurs, nous avions eu le temps de prendre conscience que la décision devait relever de son seul choix. La question a resurgi cinq ans plus tard, à l'été 2006. Familier d'une association d'adoptés dans laquelle il a été très actif, il avait eu l'occasion de faire de nombreuses rencontres et de découvrir de multiples histoires, toutes différentes, mais dans tous les cas, la question des origines était omniprésente, que ce soit pour les chercher ou choisir de les ignorer. Ces nombreux échanges ont activé son désir d'entreprendre ce voyage qu'il appréhendait en même temps. Il rechignait, procrastinait ferme, trouvait de bonnes raisons pour le reporter, redoutant, à 22 ans, ce dont il rêvait depuis tant d'années. C'était lui qui hésitait et moi qui le poussais, pour une seule raison, mais majeure et qui a été décisive : et si, à force de différer, il arrivait trop tard ? C'est d'ailleurs ce qui a failli se produire. Et c'est ce qui a contribué à le convaincre de partir. Mais seul, il y tenait. Le versant colombien de son histoire lui appartenait, notre présence aurait probablement été incongrue, parasite. Du moins en avait-il l'intuition.

L'idée qu'il fasse le voyage sans nous était perturbante, même si on en comprenait les raisons. Inutile de lui faire valoir la mauvaise réputation internationale de Bogotá ; il était sourd à l'argument, d'abord parce que c'était médire de son pays. Selon lui, vu d'Europe, tout jugement est exagéré. Têtu et déterminé, il ne voulait rien entendre par principe. Dans mes cauchemars je le voyais aux prises avec la mafia, enlevé par les Farcs[1], agressé et détroussé le premier jour, dans le meilleur des cas – je n'osais pas envisager le pire. Ce jeune homme qui, heureusement pour nous, et pour lui, n'est pas un modèle d'intrépidité, ne voyait pas en l'occurrence en quoi se retrouver tout seul dans cette mégalopole de neuf millions d'habitants, dangereuse quoi qu'il en dise, armé de notions d'espagnol trop incertaines pour être en mesure de com-

[1] *Forces Armées Révolutionnaires de Colombie.*

muniquer vraiment, sans aucune relation sur place, pourrait être un problème. Entre provocation et affirmation de soi, cette perspective même lui plaisait.

Maintenant qu'il était décidé, il fallait tout mettre en œuvre pour organiser son voyage, mais nous n'avions pas l'ombre d'une piste. En premier lieu, comment s'y prendre pour retrouver sa famille biologique ? Nous avons écumé internet, munis des deux informations fournies par son certificat de naissance : le nom de sa mère et son lieu de naissance. Lui et moi, serrés l'un contre l'autre devant l'ordinateur, gonflés d'espoir, on lançait des requêtes tous azimuts, certains d'atteindre notre but, mais elles n'aboutissaient jamais, évidemment. Au cours de cette quête impossible, il m'a confié un jour qu'il était heureux que j'aborde spontanément la question, car les parents adoptifs sont souvent dans le déni de la mère biologique. Il est vrai que je ne me suis jamais sentie en concurrence et qu'il me paraissait important qu'il puisse renouer avec ses racines pour se construire en toute sérénité dans un climat de confiance avec nous. C'était une évidence, même si nous avons souvent eu la crainte sourde qu'il reparte en Colombie définitivement. Nous savions que c'était un scénario possible, et que nous le vivrions évidemment comme un échec, une preuve de notre incapacité à lui apporter l'amour et la sécurité dont il avait besoin – ce qu'il aurait pu vivre comme un abandon, en somme, auquel il aurait répondu en nous abandonnant à son tour. L'hypothèse était une vertigineuse mise en abyme. Mais au fond, nous n'avons jamais vraiment douté que, si ses racines plongeaient là-bas, sa vie était ici et qu'il saurait toujours faire la différence. Nous étions convaincus que l'histoire affective tissée entre nous était garante des liens indissolubles qui nous unissaient. Nous l'avons adopté « en entier », inclus ses quatorze premiers mois dont nous ignorions tout.

Nous trouvions ce voyage légitime et nécessaire, à ceci près que le fossé est parfois grand entre raison et émotion, et que ce que la logique nous dictait était assiégé et sapé en douce par mille inquiétudes qu'il a fallu combattre pied à pied. Comment faire au mieux pour qu'il soit en sécurité là-bas et surtout pour qu'il ne revienne pas déçu ? Vue de Paris, l'entreprise paraissait désespérée. Néanmoins, il partirait l'année suivante, c'était décidé.

Une bouteille à la mer

Discussions, disputes, négociations sans issue… Des jours durant, nous bataillons pour obtenir enfin qu'il consente à prendre quelques précautions. Convaincu, il poste un message sur un site internet créé par des parents adoptifs, ou en projet d'adoption, d'enfants colombiens, qui propose de la documentation et des conseils actualisés. Il explique qu'en vue d'un voyage à Bogotá en quête de sa famille biologique, il cherche des contacts là-bas et des informations sur les conditions de vie dans la capitale colombienne. La démarche tient de la pensée magique ou de la bouteille à la mer. Pourtant, il reçoit une réponse presque instantanément. Cette improbable conversation dans l'espace invisible et sidéral d'internet est le sésame qui lui ouvre la voie. Ensuite, il bénéficiera d'une succession de petits miracles qui pourraient donner la foi au plus mécréant. Mais préférons l'idée que tout le mérite revient à cette chaîne de solidarité humaine qui l'a porté.

À quelque cinq cents kilomètres de Paris, un jeune couple a entamé depuis peu une procédure d'adoption en Colombie. Elle est professeure d'espagnol. Ils ont un enfant auquel ils souhaitent donner un frère ou une sœur. Alors qu'elle surfe sur la toile à la recherche d'informations sur l'adoption, elle tombe sur le message de Tom, s'y intéresse. Premier miracle.

Depuis un an, ce couple accueille chez eux un jeune Colombien, Alveiro, venu étudier à l'université de Brest. Elle lui demande s'il pense pouvoir aider Tom. Sans hésiter, il accepte et propose de se rendre à Paris pour faire sa connaissance et en savoir plus sur son projet. Deuxième miracle.

Quelques jours plus tard, Alveiro est à Paris, pressé de rendre visite à la tour Eiffel, le plus beau monument de la planète (depuis quinze ans maintenant qu'il vient en France chaque année, il n'a jamais raté ce rendez-vous). Mais avant de faire du tourisme, il doit retrouver Tom au *Diablito latino*, une discothèque sud-américaine. Muni de quelques signes de reconnaissance, il s'emploie à repérer un jeune homme un peu corpulent, doté de lunettes et d'une épaisse chevelure noire, infatigable danseur de salsa. De maigres indices qui lui suffisent pourtant à identifier rapidement le plus déchaîné parmi les aficionados sur la piste en surchauffe.

Alveiro est porteur de bonnes nouvelles. Troisième miracle. Il a téléphoné à sa mère, Rosa, pour lui demander si elle est disposée à aider Tom dans la recherche de sa famille biologique. Elle a aussitôt accepté la mission avec beaucoup de joie. Qu'il vienne, on s'occupera de lui pendant les quinze jours de son séjour, on l'accueillera à la maison et on ne le lâchera pas d'une semelle. Tom peut être assuré de son aide. Rosa ira le chercher à l'aéroport et il séjournera dans la maison familiale, gratuitement bien sûr. Malheureusement, lui ne sera pas là pour l'accompagner, il ne rentrera en Colombie qu'au mois de septembre suivant. Comme Tom s'étonne, à juste titre, de la générosité de son offre, Alveiro explique qu'il n'y a rien de plus normal ; lui-même a bénéficié durant quatorze mois de l'hospitalité d'une famille bretonne qui a pourvu à tous ses besoins pour qu'il puisse mener à bien ses études, sans jamais lui demander un sou. Il trouve les arguments pour le convaincre d'accepter l'invitation de ses parents et de renoncer à la pension choisie un peu au hasard et située dans un quartier peu recommandable : « Tu séjourneras dans la maison de mes parents ; une maison très modeste, mais pleine d'amour, de respect et de sollicitude à ton égard. Tu seras reçu avec joie et affection comme un nouveau membre de la famille. C'est toujours un honneur pour mes parents de recevoir un étranger et d'avoir l'occasion de partager des cultures différentes. J'ajouterai qu'ils seront heureux de contribuer à t'aider à réaliser ton rêve. Pour eux c'est aussi une façon de rendre la pareille à ceux qui m'ont accueilli en France et aidé à conduire mes projets avec gentillesse et générosité. »

Cela dit, Alveiro comprend les réticences de Tom : pourquoi devrait-il faire confiance à un inconnu sorti de nulle part ? La décision est difficile à prendre. Ici, une autre bonne fée apporte son grain de sel. Émilie, d'origine colombienne, une relation dont on avait sollicité les conseils, a accompagné Tom au *Diablito* pour l'assister comme interprète et l'aider à évaluer si l'on peut se fier à cet ange tombé d'internet. Au terme d'une longue conversation, il paraît acquis que Tom peut partir en toute sécurité.

Étourdis par la précipitation des événements, nous restons circonspects, malgré l'enthousiasme de Tom ; la perspective paraît trop idéale pour se laisser aller à y croire et devient un nouveau motif d'inquiétude. Qui sont ces gens ? Certes, Alveiro semble un garçon sérieux ; il vit depuis plus d'un an dans une famille qui le connaît bien, mais nous ne savons rien de ses parents outre leur bonne volonté apparente. Comment compter sur notre seule intuition ? Comment être sûrs qu'on viendra l'accueillir à l'aéroport El Dorado (le bien nommé) ?

Un pari audacieux, périlleux, mais avons-nous le choix ? Nous ne savons pas à ce moment-là que la conjonction des planètes est plus que favorable. Et puis, pour nous tranquilliser, nous nous rappelons qu'Émilie a malgré tout bien balisé l'aventure, allant jusqu'à téléphoner à Rosa pour s'assurer que Tom serait entre de bonnes mains. Une étrange situation pour nous, mais aussi pour Alveiro et sa famille, tout à coup plongés au cœur de la question de l'adoption d'enfants de leur pays.

« Allô, maman ? J'ai rencontré ma mère »

Lequel est le plus bouleversé de nous deux ? Lui, certainement, encore que je ne vaille pas cher. Nous avons été prévenus par Émilie, peu de temps avant le départ de Tom, que Rosa avait retrouvé la famille biologique de notre fils un mois plus tôt, mais lui n'en savait encore rien ; Rosa avait demandé que le secret en soit gardé jusqu'à son arrivée à Bogotá. Ce fut un grand soulagement car, par moments, nous étions saisis d'angoisse – comme Tom a dû l'être – à l'idée que sa recherche n'aboutisse pas. Rosa n'a pas perdu son temps ; en l'espace de quelques jours, elle a récolté le fruit de ses investigations avec pour seul document l'acte de naissance que Tom lui avait envoyé. À ce moment-là, si nous savions qu'elle avait mené à bien son enquête, nous ignorions tout de ses démarches ; nous en étions réduits à des suppositions, à imaginer les événements pour participer de loin. Et quand, plus tard, elle a raconté, nous avons ressenti une vraie frustration de ne pas avoir été à ses côtés, prendre le bus, découvrir les paysages, le village, ses compatriotes, parler avec eux. Nous avons été touchés de savoir combien elle avait pris à cœur sa mission, au point de construire avec Tom une complicité affectueuse fondée sur son rôle clé de figure tutélaire, centrale, sans qui rien ne serait peut-être advenu – ce qu'elle savait bien, tout comme Tom. Elle s'est attachée à lui et l'a rapidement considéré comme son second fils. Voilà qu'il trouvait une mère supplémentaire, lui qui avait tant manqué du lien maternel originel.

Journal de Rosa[2]

Quelques jours après l'appel d'Alveiro, j'ai contacté la fondation Los Pisingos[3], à Bogotá, qui avait recueilli Tomás en 1985, à l'âge de six mois. J'ai transmis à Tomás leur adresse électronique afin qu'il puisse prendre un rendez-vous avec la directrice. Ensuite, je me suis renseignée sur l'auberge de jeunesse où il avait réservé, Calle Sesta. Bien qu'assez touristique, le quartier n'est pas sûr. Sachant qu'il ne connaissait ni le pays ni la langue, j'ai pensé qu'il n'était pas raisonnable qu'il séjourne là. Il serait bien plus en sécurité chez nous. De plus, étant donné les circonstances, il valait mieux qu'il ne reste pas seul.

Pour tout document, je n'avais que son acte de naissance, sur lequel figuraient son lieu de naissance, Bogotá, sa date de baptême, le nom de sa mère biologique – Gloria C. – et celui de sa ville natale – La Calera, un gros bourg à une vingtaine de kilomètres au nord-ouest de Bogotá, dans le département de Cundinamarca. Anticipant les difficultés prévisibles, j'avais confectionné des affichettes dans l'esprit « Appel à témoins », mais tout est allé si vite que je n'ai pas eu besoin de les utiliser.

Jeudi 5 juillet 2007, La Calera

La première chose à faire est d'aller à La Calera, sans savoir précisément ce que je vais y chercher. J'espère trouver des informations sur la famille. Je m'y rends en autobus, accompagnée de mon neveu. Une passagère que j'interroge au hasard croit avoir déjà entendu le nom de famille de Gloria et me conseille de me renseigner à la mairie. En arrivant, nous avisons tout de suite le petit bâtiment, situé sur la place principale. Nous entrons, mais il n'y a personne, la mairie semble déserte. Au bout de quelques minutes, une femme sort d'un bureau et nous demande ce que nous voulons. Je m'explique. Méfiante, elle me demande pourquoi je cherche cette personne. Nouvelles explications. Elle marque alors un temps de surprise et finit par me confier qu'elle connaît très bien Gloria ; elles ont été à l'école ensemble. Elle m'apprend que Gloria vit désormais

[2] Rosa a accepté de raconter les événements de 2007 au micro de son fils Alveiro. Elle s'est prêtée à l'exercice avec plaisir, et un grand souci de rigueur. J'ai ensuite traduit les enregistrements et transcrit le plus fidèlement possible son récit. De nombreuses années plus tard, elle a gardé un souvenir intact de tout ce qui s'est passé, jour après jour.

[3] Alveiro enseigne aujourd'hui dans les anciens locaux de l'orphelinat.

à Fusagasugá[4] avec sa mère, et qu'elle est très malade. Cette femme, Marta, me raconte qu'en 1985, elle avait entendu dire que Gloria attendait un enfant, mais elle-même ne l'a jamais vue enceinte. À l'époque on disait qu'Evelia, sa mère, l'avait discrètement envoyée à Bogotá pour que l'affaire ne s'ébruite pas. Là-bas, Gloria aurait travaillé dans une maison de famille, un internat. On disait qu'elle avait donné l'enfant, mais n'était-ce pas une simple rumeur ?

Marta est visiblement troublée ; elle dit qu'elle pense pouvoir m'aider à retrouver la famille de Gloria à Fusagasugá, mais elle souhaite que je n'en parle à personne car elle craint les ennuis. Elle promet de faire son possible pour trouver des informations, bien qu'elle ait perdu contact avec Gloria depuis longtemps, et qu'ici, à la mairie, il n'y ait aucun moyen de savoir quoi que ce soit. Elle nous accompagne jusqu'à l'arrêt d'autobus et, sur le chemin, nous montre de loin la maison où vivait autrefois Gloria.
J'ai eu la chance de tomber tout de suite sur la bonne personne.

Vendredi 6 juillet

Promesse tenue, Marta me téléphone pour me donner l'adresse d'Evelia, la mère de Gloria, à Fusagasugá, et ajoute qu'elle aimerait bien connaître Tomás. Nous prenons rendez-vous pour le lundi 9 juillet.
On surnomme Fusagasugá[5] « la cité-jardin de Colombie » à cause de son importante production de fleurs, en particulier des orchidées. Étrange coïncidence, c'est là que mon fils Alveiro a fait ses études. Il y a rencontré une jeune fille, Marina, qui figure sur une photo de la famille de Tomás et dont les parents vivent à La Calera.

[4] On prête au nom Fusagasugá (de fusy : village et saga : partie basse de la montagne en sutagao, langue des indigènes locaux) quelques significations métaphoriques telles que : « village au pied des montagnes », ou « après-midi de feu », ou « la femme qui se rend invisible » ou encore « la femme qui se cache derrière la montagne », toutes attachées à la culture indigène des Sutagaos (fils du soleil). Située à 60 kilomètres au sud-est de Bogotá dans le département du Cundinamarca, à 1765 mètres d'altitude, c'est une grande ville de 100000 habitants.

[5] Fusagasugá est la ville natale de Luis Herrera, un cycliste très important dans l'histoire du sport colombien (une trentaine de victoires à son actif dans les années 1980) et connu pour sa brillante participation au Tour de France. On l'appelait le jardinier de Colombie en référence au surnom donné à la ville.

« Allô, maman ?... »

22 ans et 8 jours après sa naissance ; 22 ans et quelques jours après le dépôt de demande d'adoption auprès de l'association La Famille adoptive française ; 21 ans et deux mois après que David, son futur père, et Maurice, son futur grand-père maternel ont fait sa connaissance dans le bureau de la directrice de l'association colombienne Los Pisingos à Bogotá pour le ramener chez nous.

J'étais, à cette époque, très enceinte et interdite de voyage par la faculté. Frustrant, vraiment frustrant. Doublement enceinte, comme si je les attendais tous les deux. Mon père avait accepté d'accompagner David pour jouer l'interprète, car il comprenait assez bien l'espagnol et le parlait un peu ; cette mission l'a rendu très heureux malgré le stress, ému de rencontrer son petit-fils et fier d'endosser le rôle de traducteur officiel auprès des autorités colombiennes. J'ai vécu ce moment historique par procuration et par téléphone ; quinze jours, c'est très court pour ce genre de démarches et très long pour moi qui piaffais d'impatience.

Un petit album de photographies, à mon intention et à celle de Tomás, fixant quelques images de son univers au sein de l'institution qui l'avait accueilli de ses six à ses quatorze mois, une poignée d'images ajoutées à nos mots, a construit un pont entre là-bas et ici, ici et là-bas, de telle sorte qu'il n'y aura jamais de brutale révélation. Quand on lui demande depuis quand il se sait adopté, il répond par une question : « Et toi, tu peux dire depuis quand tu sais marcher ? » Il l'a toujours su, au grand dam d'une partie de notre entourage. Certains n'hésitaient pas à nous faire la leçon sur la nécessité du secret – ou du moins de la révélation différée –, très ignorants des réalités de l'adoption mais sûrs de leurs préjugés. Nous nous sommes même quelquefois trouvés en butte à des pressions, dont nous n'avions pas besoin dans cette période délicate.

Les psychologues jugent d'ailleurs aujourd'hui que le secret est une erreur pouvant avoir de lourdes conséquences pour l'enfant : apprendre la vérité tardivement a toutes les chances d'être vécu comme une trahison et d'enclencher un nouveau traumatisme, phénomène aggravant dont on ne se relève pas aisément. Pour dire la vérité, les uns et les autres pouvaient bien raconter ce qu'ils voulaient, après mûre réflexion, nous étions convaincus de ne pas vouloir de secret entre notre fils et nous, et surtout pas de cette nature.

Journal de Rosa

Samedi 7 juillet 2007, Bogotá

J'attends Tomás à l'aéroport avec mes petits-enfants, Andres et Paula. On a inscrit son nom sur un carton. Grâce à quelques indices – grand, fort, chevelu, des lunettes –, Paula l'identifie la première.

Dès notre arrivée à la maison, quartier Maria Paz, il nous offre des cadeaux. Il semble nerveux et inquiet. On bavarde un peu, mais la communication est compliquée car il baragouine quelques mots d'espagnol et nous ne parlons pas français, mais on se débrouille avec un peu d'imagination.

Je suis en Colombie, j'ai du mal à le croire. Ça fait tant d'années que je me demande à quoi ressemble mon pays de naissance. Le voyage, l'arrivée à l'aéroport, la découverte du visage de Bogotá, comme dans un rêve. Je suis accueilli très gentiment par Rosa et Oswaldo, les parents d'Alveiro, mais épuisé par les douze heures de vol et la tension nerveuse, je ne fais pas long feu. Je dors d'un sommeil paisible. Au matin, j'ai l'impression de ne jamais avoir fait tant de rêves en une seule nuit, et d'être libéré de toutes mes angoisses. Je ne sais pas ce que me réservent les jours à venir, mais peu importe, je suis si content d'être là. Les bruits de la rue, l'absence de volets et la dureté du lit ont eu vite fait de me pousser sous la douche, dont je suis sorti précipitamment. Ici pas d'eau chaude. Rosa a fini par en faire chauffer pour satisfaire mes habitudes de confort.

Dimanche 8 juillet, Bogotá

Nous allons à l'église du *divino niño Jésus*, quartier du 20 juillet, à la messe de 8 heures. Puis, après une promenade dans le parc, nous rentrons déjeuner à la maison. Tomás appelle ses parents en France. Il les tient informés de tout ce que nous faisons.

Lundi 9, Bogotá

Accompagnés d'un ami d'Alveiro qui s'est proposé de jouer l'interprète, nous nous rendons à la fondation Los Pisingos, rue Séptima, quartier Usaquén. Un rendez-vous a été pris avec la directrice par la mère adoptive de Tomás. Sur le chemin, je révèle à Tomás que mon enquête sur sa famille a largement porté ses fruits. S'il n'osait y croire complètement, il s'en doutait un peu car on lui avait dit que les renseignements figurant sur son acte de naissance feraient gagner du temps et faciliteraient la tâche. Il ne semble donc pas très surpris mais ne fait aucun commentaire. Aux Pisingos, nous sommes très bien reçus par la directrice, qui occupait déjà cette fonction en 1985. Elle nous fait visiter les locaux. On photographie Tomás en compagnie des enfants. Au troisième étage, nous visitons la salle des berceaux, celle des enfants malades mis en quarantaine. Sur le chemin du retour, je lui raconte au mieux, compte tenu des difficultés de communication, comment j'ai pu retrouver la trace de sa mère. Cette journée aura été pour lui très éprouvante et forte en émotions.

Le petit garçon du bus

C'est Alveiro qui m'a fait le cadeau de l'histoire rocambolesque du petit Vicente qui, à son insu, est entré dans la galaxie familiale de Tomás et a tiré les larmes à plus d'un téléspectateur.

Vicente est le plus jeune d'une fratrie de sept enfants. La mère, devenue brutalement veuve, est retournée vivre chez ses parents car elle n'avait pas les moyens de subvenir aux besoins de ses enfants. Un jour, le parrain de Vicente rend visite à la famille avec sa femme et leurs deux fils. Voyant l'état de grande précarité dans lequel ils vivent, il propose, pour soulager la mère, de prendre chez lui son filleul. Ce qui fut dit fut fait. Dans l'après-midi, le parrain, sa femme, leurs deux enfants et le petit Vicente, 4 ans, s'en vont prendre le bus pour rentrer chez eux, chargés de gros sacs de victuailles et de la valise du petit. Arrivés à destination, quelques heures plus tard, les parents se dépêchent de rassembler enfants et bagages et descendent rapidement du bus dans une certaine cohue. Sitôt ses esprits retrouvés, le parrain se tourne vers les siens et ne voit pas Vicente. Le temps qu'il comprenne la situation, le bus avait redémarré et le voilà courant au milieu de la chaussée après le véhicule en criant, en vain. Il a oublié le petit, resté endormi sur son siège. Totalement paniqué, il téléphone à la compagnie pour demander que le chauffeur fasse descendre Vicente au prochain arrêt, à Fusagasugá. Mais le temps qu'il trouve le nom et le numéro de téléphone de la compagnie, le bus avait poursuivi sa route. Voilà Vicente vraiment perdu. Une tragédie pour le parrain. Il mettra plus d'un mois à avouer le drame à la mère du garçon, qui prendra la nouvelle avec une certaine philosophie : un de plus ou un de moins, cela ne change pas grand-chose, à part que, ainsi, elle a une bouche de moins à nourrir. Elle n'en a jamais voulu au parrain.

Une dizaine d'années plus tard, de retour en Colombie, Vicente est venu raconter son histoire à la télévision. Rien de surprenant à cela : Il existe à Bogotá une chaîne qui diffuse une émission quotidienne très regardée, intitulée *Noticiero* (journal d'informations), qui présente des gens à la recherche de leur famille, souvent des enfants adoptés. C'est ainsi que le parrain a brusquement vu réapparaître son filleul et appris ce qui était arrivé.

Arrivé au terminal, l'enfant avait été conduit au commissariat et la police l'avait confié à l'ICBF[6]. Très vite, il avait été adopté à l'étranger. Il avait toujours souhaité retrouver sa famille, mais il n'avait aucun souvenir de sa ville natale ; il se rappelait seulement que, petit, il devait souvent traverser un pont suspendu très instable qui l'effrayait beaucoup. Ce pont est situé à quelques kilomètres de Fusagasugá, près de la petite ville où habitent les grands-parents de Vicente, sa mère, ses frères et sœurs. Grâce à cette émission, il a pu rapidement retrouver les siens.

À Fusagasugá vivent aussi des membres de la famille de Tomás. La plupart ignorent ce qu'il lui est arrivé car son abandon a été tenu secret. Néanmoins, des hypothèses, des bruits ont couru. Quelques-uns, persuadés qu'il a été adopté – certains pensent qu'il est toujours en Colombie, d'autres qu'il est en Espagne –, regardent souvent cette émission dans l'espoir de voir apparaître « le petit que Gloria a confié à l'adoption ». Ils racontent qu'à chaque fois qu'ils voient un gamin qui pourrait avoir son âge, ils s'imaginent le reconnaître et se mettent à pleurer. D'autres ont même cru un temps qu'il s'agissait de Vicente, à cause de la proximité avec Fusagusagá, même si les âges ne concordaient pas. Ils ont toujours espéré savoir ce que Tomás était devenu.

Une histoire extravagante tellement romanesque qu'on la croirait inventée.

[6] *ICBF, Instituto colombiano de bienestar familiar — institut colombien de protection de la famille, l'équivalent de l'Aide sociale à l'enfance (ASE) en France.*

Journal de Rosa

Mardi 10 juillet 2007, La Calera

Nous partons très tôt. La Calera se trouve à seulement 25kilomètres de Bogotá, moins d'une heure en voiture, trois fois plus de temps avec le bus qui marque tous les arrêts. Nous nous rendons d'abord à la mairie pour voir Marta. Comme je le lui ai promis, je lui présente Tomás. Elle reste sans voix tant sa ressemblance avec Gloria est frappante.

Après un déjeuner place du Peuple, Marta propose à Tomás de lui montrer la maison où sa grand-mère Evelia vivait autrefois avec tous ses enfants[7]. Tomás prend des photos. Alors que Marta nous suggère de nous rendre chez Teodolinda, l'une des sœurs d'Evelia, celle-ci arrive justement dans notre direction. Arrivée à notre hauteur, elle s'arrête, étonnée de nous voir ici, et surtout intriguée par Tomás, qu'elle prend dans un premier temps pour Roddy, le fils aîné de Gloria. Apprenant qui il est, elle reste interdite, sous le choc de cette incroyable nouvelle. Pressée par un rendez-vous, elle nous propose de nous retrouver chez elle un peu plus tard. Entre-temps, on tombe sur son mari, Alvaro. La Calera est un gros village, et les occasions de rencontres sont fréquentes.

On fait plus ample connaissance avec Teodolinda et Alvaro autour d'un café. Au cours de la conversation, Alvaro, en larmes, dit que la responsable de tout ce qui est arrivé à Tomás est sa grand-mère Evelia. En fin d'après-midi, Alvaro et Teodolinda décident d'organiser un barbecue le dimanche suivant, 15 juillet, pour fêter la venue de Tomás.

Mercredi 11 juillet, Fusagasugá

Fusagasugá se situe à environ une heure et demie de route au sud de Bogotá. Durant le voyage en autobus, pour détendre l'atmosphère, je commente le paysage, que Tomás apprécie beaucoup. Arrivés à Fusagasugá, nous prenons un taxi collectif pour rejoindre le quartier Balmoral.

[7] *La famille est très nombreuse. Evelia, la grand-mère, a 13 frères et sœurs et 6 enfants, Gloria est l'aînée.*

Même si je n'en ai rien laissé paraître sur le moment, j'ai été bouleversé d'apprendre que Rosa avait réussi à retrouver ma famille ; les choses étaient brusquement devenues concrètes et je me rendais compte que j'allais pouvoir faire la connaissance de ma mère biologique pour de vrai, ce qui, à ce stade, n'était encore qu'un rêve. Dans ma poche, j'avais sa photographie que la directrice de la fondation Los Pisingos avait accepté de me donner. C'était la première fois que je voyais son visage, et notre ressemblance m'avait tout de suite frappé. C'était moi avec des cheveux longs. Je pouvais enfin mettre un visage sur un nom et en plus, pour la première fois de ma vie, j'avais la preuve que je ne viens pas de nulle part. Une impression très bizarre. À ce moment-là, je me suis demandé si je voulais poursuivre l'enquête, j'avais le sentiment que voir sa photographie me suffirait et que je ne voulais pas en savoir plus de peur d'être déçu. Finalement, après mûre réflexion, malgré mon appréhension, j'ai choisi d'y aller. La crainte de regretter d'y avoir renoncé l'a emporté. Je savais qu'elle vivait avec sa mère, ma grand-mère, à Fusagasugá. Rosa avait tout organisé mais elle n'avait pas pu prévoir les obstacles.

Nous trouvons assez facilement la maison, une petite bicoque de plain-pied en briques rouges avec un jardin, adossée à la colline.

Arrivés près de la maison, Rosa me demande de me tenir à l'écart. Nous ne savons pas quel sera l'accueil ; par mesure de sécurité, elle préfère que j'attende dans une rue voisine le temps qu'elle prenne contact. Anxieux et curieux, j'arpente le trottoir dans l'attente d'un signe de Rosa. De là où je suis, je ne peux pas voir ce qui se passe.

Une femme d'une soixantaine d'années ouvre la porte. Je la salue et l'informe que je cherche Madame Evelia. « Pourquoi ? » aboie-t-elle ? Je devine que c'est elle, ce qu'elle confirme avant de s'enquérir sèchement de ce qu'elle peut faire pour moi. Je réponds par une question : « Souhaiteriez-vous avoir des nouvelles du fils de sa fille Gloria ? » Elle pâlit, reste muette quelques secondes, puis, l'air effrayé, elle me demande où il se trouve. À ce moment-là, un garçon sort de la maison. Comme elle est incapable d'articuler un mot, il se met à hurler, « Mais qu'est-ce qui se passe ? ». Là commence un dialogue surprenant entre Evelia et le jeune homme :

– Ton frère est apparu, dit-elle.

– Quel frère ?

– Le fils de Gloria.

– Quoi ? dit-il en criant.

Je questionne Roddy pour savoir s'il ignorait tout de l'existence de son frère ; il marmonne qu'il en avait juste vaguement entendu parler. Il avait 5 ans quand Tomás est né, mais il ne l'a probablement jamais vu car Evelia refusait que le bébé entre dans la maison.

À ce moment, une femme apparaît sur le seuil. Sa présence dérange visiblement Roddy qui préfère qu'on sorte discuter dans la rue. En marchant, il m'explique que cette femme, Leonilde, est très querelleuse et capable de créer une tempête dans un verre d'eau, mais il s'abstient de me préciser que c'est une sœur d'Evelia. J'apprendrai par la suite qu'elle a été prévenue par Teodolinda de la probable visite du fils que Gloria avait donné à l'adoption en 1986 et a tenu à être là. Roddy me pose une rafale de questions : où est son frère ? À Bogotá ? D'où vient-il ? Que fait-il ? Je lui réponds calmement qu'il vit en Europe, où il est étudiant. Il est seulement venu pour savoir qui est sa mère, ne reproche rien à personne et ne demande rien, car il n'a besoin de rien. Il souhaite juste la voir et connaître sa famille biologique. Roddy me dit que sa mère est malade et qu'il ne sait pas comment elle peut réagir. En passant le coin de la rue, il aperçoit Tomás. Je lui dis : « Regarde, c'est ton frère. »

C'est lui, ce garçon brun et barbu, c'est Roddy, mon demi-frère aîné, j'en suis sûr. Je ressens une vive émotion car j'ai devant moi le frère de mon « dossier ». Visiblement, je ne suis pas le bienvenu. Il n'a pas l'air vraiment content de me voir. Il s'est figé à ma vue. On reste quelques minutes face à face, sans un mot ; aussi corpulent l'un que l'autre, on dirait deux boxeurs qui se mesurent avant de livrer un combat, qui bien sûr n'aura pas lieu. L'ambiance est électrique. Notre premier contact est rude, surtout pour moi car j'étais vraiment heureux de voir ce frère qui jusque-là n'était qu'un personnage fictif. Rosa lui explique qui je suis, mais il reste très méfiant, agressif. Il me demande sèchement mon acte de naissance, me dit qu'il ne parle qu'espagnol et allemand. Je ne comprends pas bien pourquoi mais il dit plusieurs fois qu'il est professeur d'informatique. Il ajoute que dans sa famille, il y a des membres de l'Église, des personnes très importantes qui refuseront de me voir. Impossible de savoir pourquoi. Je suis choqué par la violence de sa réaction, mais en même temps, je le comprends ; on lui apprend brusquement qu'il aurait un demi-frère, il y a de quoi se méfier et être secoué. C'est vraiment le ciel qui lui tombe sur la tête. Il doit craindre que je vienne réclamer quelque chose. Lors de cette entrevue, il ne pense qu'à vérifier mon identité pour s'assurer qu'on ne lui raconte pas de salades. J'aurais voulu aller plus loin, je n'avais qu'une idée en tête, voir notre mère, mais rien n'y fait. Il dit que dans son état, ces retrouvailles lui feraient un choc. Il ne veut rien entendre et nous devons rebrousser chemin. Je suis déçu, triste, en colère. De quel droit me refuse-t-il l'entrée ? C'est autant ma mère que la sienne. De plus, je suis frustré car mon espagnol est très limité et je sens bien que beaucoup de choses m'échappent. La situation semble dans une impasse et je vois s'éloigner toute possibilité de rencontre avec Gloria, ma mère ; si près du but, c'est insupportable. Rosa me rassure en me répétant, comme elle le fait souvent : « no te preocupes, al final no has perdido nada, al contrario, lo has ganado todo[8] ». *Elle a raison, quoi qu'il arrive je n'aurai rien perdu puisque j'aurai retrouvé une partie de ma famille biologique.*

Buté, Roddy refuse obstinément de laisser Tomás passer un moment avec sa mère sous prétexte que cela pourrait la traumatiser. Je lui propose alors de prendre en photo les deux frères, ensemble, ce qu'il accepte finalement de mauvaise grâce. Tomás est agacé, car il ne comprend pas ce qui se dit. Au bout du compte, on se sépare sans avoir obtenu l'autorisation de Roddy pour qu'il rencontre Gloria.

Dans l'après-midi, nous allons chez Leonilde, qui nous a invités à prendre un café. Nous y sommes très bien reçus, très gentiment. Elle nous raconte comment les choses se sont passées vingt-trois ans plus tôt. En 1984, Gloria avait été envoyée à Ipiales, à la frontière de l'Équateur, pour travailler chez l'un de ses oncles paternels, Jorge Bernardo, curé au sanctuaire de Las Lajas, la plus importante cathédrale d'Amérique du Sud et l'une des plus belles, à l'architecture impressionnante, coincée dans un profond canyon que le bâtiment enjambe. Très vite, Gloria s'est retrouvée enceinte. Quand son oncle l'a su, il l'a aussitôt priée de quitter sa maison. Est-elle tombée enceinte à Ipiales ou à La Calera ? Les rumeurs vont bon train. Certains prétendent que l'oncle et la nièce auraient eu une relation avant son départ pour Ipiales. On les aurait vus s'embrasser… Mais on raconte tellement de choses… Leonilde laisse entendre que Gloria était une bonne vivante qui aimait faire la fête et séduire. Elle aurait de qui tenir. Il semblerait qu'Evelia était une délurée qui trompait joyeusement son mari. Un jour, celui-ci l'ayant surprise avec un homme dans leur propre maison, son sang n'a fait qu'un tour, il a attrapé une paire de ciseaux et les a poursuivis dans toute la maison en les menaçant du pire. Sans l'intervention d'une sœur d'Evelia qui venait d'arriver, l'histoire aurait pu mal tourner. Juan de Dios était un homme nerveux, parfois violent. Quand il a appris que son frère avait engrossé sa fille, il s'est mis à

[8] *« Ne t'inquiète pas, finalement tu n'as rien perdu, au contraire, tu as tout gagné. »*

hurler qu'il allait le tuer et, quelques instants plus tard, il était victime d'une thrombose brutale qui l'a laissé paralysé. Il passera dix-huit ans en chaise roulante, privé d'une grande partie de ses facultés mentales. Presque incapable de parler, il pouvait seulement répéter en boucle : « Je vais le tuer, je vais le tuer. » Détail croustillant : pour éviter d'être harcelée de questions et qu'il ne l'empêche de vivre sa vie, Evelia le bourrait de drogues concoctées par une de ces sorcières qui jettent des sorts pour de vrai. Il est décédé en avril 2007, trois mois seulement avant l'arrivée de Tomás.

Tomás assiste à la conversation, mais comme d'habitude, il n'y comprend pas grand-chose. Je ne lui parle pas de son père sur le moment, car je crains que cela soit trop d'émotions, d'autant qu'il est déjà très remonté contre lui, considérant qu'il a abandonné Gloria et l'a ainsi contrainte à se séparer de son enfant. Il ne connaît que la version officielle donnée par l'institution à ses parents, selon laquelle son père biologique, apprenant que Gloria était enceinte, serait parti à Ipiales et ne lui aurait fourni aucune aide. Je prends donc sur moi d'attendre quelque temps avant de lui révéler son identité.

Après Ipiales, Gloria n'est pas revenue à la Calera, elle s'est rendue à Bogotá. Sa grossesse suscitait des commentaires, mais ce n'étaient que des suppositions. Très peu de gens connaissaient la vérité en dehors de la famille proche. Evelia voulait garder le secret, surtout vis-à-vis des voisins, et sa fille avait interdiction d'en parler.

Après la naissance de Tomás, les choses se sont encore compliquées. Selon les dires de Léonilde, Gloria n'avait pas le droit d'emmener le bébé chez ses parents. Quand elle en avait la possibilité, elle le laissait en garde à quelqu'un, mais parfois, elle n'avait pas le choix. Ainsi, le soir du 31 décembre 1985, la famille au complet était réunie à La Calera chez une tante. Gloria est arrivée sous une pluie battante, son bébé dans les bras, enveloppé dans une couverture. Malgré les circonstances, Evelia, sa mère, n'a pas cédé et ne l'a pas laissée entrer. Gloria a donc dû s'en retourner à Bogotá comme elle était venue, sous la pluie, renvoyée, avec son fils, à leur solitude en cette soirée de fête. Ce serait après cet épisode, en janvier 1986, que la décision aurait été prise de donner l'enfant à l'adoption. Jugeant que la situation ne pouvait plus durer et suivant le conseil d'un de ses fils, Evelia a décidé que le bébé serait confié au Bienestar familiar (ICBF). Gloria, qui semble ne pas avoir eu voix au chapitre, s'est pliée à la volonté de sa mère qui lui rendait la vie impossible. Elle n'a pu garder son bébé avec elle que les deux premiers mois. Evelia lui imposait de le cacher à tous si bien qu'elle a fini par le confier à une tante qui s'est occupée de lui jusqu'à la décision de le confier au Bienestar. Gloria a déclaré à l'assistante sociale qu'elle ne pouvait pas garder le bébé car sa famille n'aimait pas le père, et qu'elle voulait le donner à l'adoption. On lui a proposé de ne pas prendre de décision dans l'immédiat, d'y réfléchir encore quelques mois, au cas où elle, ou sa famille, changerait d'avis. Mais quand bien même elle aurait voulu garder l'enfant, il était impossible de résister à l'autorité d'Evelia. C'est ainsi que Gloria a fini par laisser son bébé de six mois au Bienestar.

L'accueil chaleureux de Leonilde nous surprend d'autant plus que Roddy nous l'a présentée comme une « faiseuse d'embrouilles » à éviter de toute urgence. Très méfiant, voire hostile, il craignait sûrement que sa tante en dise trop. Il n'avait pas tort. Leonilde est très remontée contre Evelia. Elle l'accuse violemment de ne pas avoir eu le courage de dénoncer Jorge Bernardo à la justice pour un double crime.

Tomás est content d'avoir rencontré quelques membres de sa famille biologique, mais il reste en colère contre son frère. Si Roddy ne fait pas figure de victime, il n'a pas eu non plus la vie facile : il n'a pas connu son père qui, selon Leonilde, était chauffeur de *colectivos*[9]. Il a été élevé par ses grands-parents. Il se méfie de « cet étranger » qui surgit brutalement dans sa vie.

Quelques minutes après notre retour à la maison, nous recevons un coup de fil du père Alejandro, un cousin de Gloria. Il veut vérifier qu'il y a bien chez moi un jeune homme qui prétend être le fils de Gloria. Il a appris notre visite par Evelia. Les nouvelles

[9] Un transport en commun économique conçu pour de courtes distances, très utilisé en milieu rural. Le terme désigne tout aussi bien un minibus qu'un van, une camionnette, un pick-up. On fait signe au chauffeur sur le bord de la route. On annonce sa destination et on paie en descendant.

vont vite. Naturellement, il brûle d'envie de le voir. Il nous invite à visiter son église à Chapinero, puis à déjeuner. Le même soir, un frère de Gloria nous appelle pour les mêmes raisons. La présence de Tomás a déclenché une belle effervescence, bien compréhensible. Un véritable coup de tonnerre dans le ciel familial. Le tam-tam fonctionne à plein d'une maison à l'autre. À chaque fois que le téléphone sonne, c'est-à-dire très souvent, Tomás plonge dans l'arbre généalogique – réalisé spécialement à son intention par une cousine – pour essayer de s'y retrouver dans cette nombreuse parentèle. Comme une traînée de poudre, la nouvelle s'est répandue : « Le fils que Gloria a donné à l'adoption est là… »

1985-1986 dossier adoption

Quand j'étais jeune, je trouvais si injuste que tant d'enfants n'aient pas de parents pour les aimer que j'avais imaginé une loi obligeant les familles de plus de deux enfants à adopter le troisième – libre à elles d'en faire dix ou douze ensuite, si cela leur chantait. Il me semblait indigne, indécent, de faire des enfants uniquement pour soi. Je devais avoir 13 ou 14 ans.

Pour moi, faire des enfants et adopter ne représentaient qu'un seul et même projet, heureusement partagé par mon mari. Mon tropisme vers l'Amérique du Sud nous a incités à chercher de ce côté-là. Dès le début, le hasard a bien fait les choses, comme si une bonne fée s'était penchée sur nous et avait résolu de ne plus nous lâcher. Une amie nous a présenté un couple qui venait d'adopter un enfant colombien, ce qui nous a considérablement facilité la tâche. Une belle aubaine, peut-être le premier miracle en vérité grâce auquel ce que l'on qualifie généralement de parcours du combattant s'est avéré certes compliqué mais si bien encadré qu'il nous suffisait de suivre pas à pas la feuille de route qu'on nous avait établie – que j'ai d'ailleurs gardée comme une relique : trois grandes feuilles à petits carreaux rouges déchirées d'un grand cahier, couvertes d'une petite écriture douce et régulière. C'est ainsi que début juillet 1985, nous avons pu déposer notre demande officielle d'adoption. L'année suivante, nous apprendrons que Tomás (Herson, Yesid pour l'état civil colombien) est né le 29 juin 1985 : notre demande coïncidait presque jour pour jour avec sa date de naissance. Notre rencontre était écrite.

En avril 1986, nous avons reçu le courrier de la fondation Los Pisingos nous annonçant qu'un enfant nous attendait à Bogotá. Je n'oublierai jamais cette lettre, affreusement impersonnelle, un courrier administratif en haut duquel on avait agrafé un méchant photomaton en noir et blanc sur lequel un enfant fixait l'objectif de son regard noir, intense, tellement inquiet, dans une attitude d'abandon qui faisait si peine à voir que j'aurais voulu sur-le-champ le prendre dans mes bras pour le consoler de je ne savais quel profond chagrin. Notre premier tête-à-tête a été brutal ! Coïncidence des coïncidences, depuis une semaine, je savais que j'étais enceinte.

Août 1986, le papa adoptif et el *conejo blanco*[10]

Je suis sûr de sa couleur et de sa matière – une sorte d'astrakan plucheux – et de ses formes aussi, assez peu rebondies. Ne pas oublier ses grandes oreilles ! Ce souvenir est à la fois précis et flou. Je ne sais d'ailleurs même plus ce qu'est devenue cette peluche. Pourtant, ce fut le premier lien entre moi et ce bébé qui allait devenir mon fils.

Les images surgissent comme on tire le fil d'une pelote.

D'où venait ce lapin ? Dans quelle boutique sa presque mère l'avait-elle acheté. À quoi pensait-elle en le choisissant ? Toujours est-il que je l'avais dans mes bagages avant de m'envoler d'Orly-Sud pour Bogotá via Madrid par un vol d'Ibéria le vendredi 29 août 1986[11].

C'était l'aboutissement d'un chemin partagé entre elle et moi autour de l'adoption. Nous avions toujours pensé que les enfants traverseraient notre couple, qu'ils soient biologiques ou adoptés. Un heureux hasard a juste précipité ce mouvement, du fait que Corinne a appris qu'elle était enceinte de notre fille à peu près à l'instant où nous recevions la lettre venant des Pisingos, l'orphelinat colombien, qui nous informait qu'un enfant nous attendait à Bogotá. Une photo de mauvaise qualité était jointe, montrant sa petite bouille effarée.

Suivant les conseils prudents du médecin, Corinne ne m'accompagnerait pas car elle était au sixième mois d'une grossesse délicate. Son père, Maurice, qui parlait espagnol, s'était proposé de faire le voyage avec moi. Il serait mon interprète même s'il parlait un espagnol bien à lui, issu du *ladino*[12], mémoire ancienne de sa famille, langue des Juifs séfarades chassés d'Espagne par les Rois Catholiques en 1492. Mais cela suffisait largement pour nous faire comprendre. Il savait au moins dire *conejo blanco*.

Embrassades, émotions, enregistrement des bagages et embarquement.

Ce n'est pas sans une certaine tristesse que je laissais Corinne, à la fois parce que je savais qu'elle n'aurait

[10] *Récit de David, le père adoptif.* El conejo blanco : *le lapin blanc*

[11] *29, un nombre sacré, fétiche : Tomás est né un 29, sa sœur Jane aussi, son cousin aussi, son oncle aussi, son grand-père paternel aussi… Un voyage placé sous de bons augures.*

[12] *Cette langue, qui puise aux sources de l'espagnol du XVe siècle, s'est métissée de mots turcs et hébreux, généralement hispanisés. Exemple :* börekas, *mot turc* (börek) *hispanisé avec l'ajout de la finale en « as ».*

de cesse de nous suivre en pensée, regrettant chaque jour de ne pas en être, mais surtout parce que les circonstances nous empêchaient de partager cette première rencontre. Adopter un enfant est un geste qu'on fait à deux. Heureusement, Maurice était là ; non seulement il parlait espagnol mais d'une certaine manière, il représentait sa fille. La relation intense que notre fils a eue avec son grand-père dans les années qui ont suivi vient certainement aussi de ces tout premiers moments. Mais n'anticipons pas !

Pour l'heure, nous étions dans l'avion. Maurice lisait un livre ou des journaux, avec ce geste du myope qui enlève ses lunettes pour la lecture de proximité et qui les garde à la main ou relevées sur le front. Peu de mots échangés. Que pouvait-il penser alors? J'avais dans ma poche cette fameuse photo reçue quelques mois plus tôt, jointe à cette lettre administrative nous informant que nous pouvions venir chercher Herson, Yesid né à Bogotá le 29 juin 1985. Elle était la preuve de l'existence de notre « presque déjà » fils, mais l'inquiétude de son regard associée à la mauvaise qualité du cliché m'avait troublé. Ce n'est que bien plus tard que j'en ai parlé à ma femme, qui avait eu une réaction identique. Sur le moment, on ne s'était rien dit de nos inquiétudes jumelles.

Le lapin blanc, lui, n'était pas inquiet, il dormait tranquillement en soute au milieu de mes vêtements choisis pour cette saison humide des pays équatoriaux.

Aussitôt débarqués à l'aéroport de Bogotá, fatigués par ce long voyage, nous nous sommes engouffrés dans le premier taxi qui nous a conduits à l'adresse fournie par l'association, intermédiaire entre l'orphelinat Los Pisingos et nous. À notre grande surprise, à Bogotá les taxis ne s'arrêtent pas aux feux rouges ; le chauffeur a expliqué à Maurice que c'était par crainte des agressions. Étrange impression de circuler de nuit dans de grandes avenues inconnues teintées de poussière ocre avec ce sentiment diffus d'insécurité accentué par le mystère de « l'aventure » affective que nous nous apprêtions à vivre.

Arrivés à la pension de famille, contraste ! Nous y avons rencontré deux couples de parents adoptifs très chaleureux avec lesquels nous partagerions une partie de notre séjour. D'autres familles étaient là, en attente d'enfants ou sur le départ, avec leur enfant adopté. Heureusement, nous pouvions parler français ce qui m'arrangeait.

L'endroit était assez confortable. Des chambres, un salon collectif assez grand et plutôt sombre, décoré en bois et en pierre ; à notre disposition sur la cheminée, des revues et des livres sur la Colombie, des plans de Bogotá. Je crois qu'on pouvait cuisiner sur place mais nous avons préféré aller au restaurant. J'ai peu de souvenirs pratiques de cet endroit. Comment était ma chambre ? Sans doute petite et en sous-sol, car je crois me rappeler une fenêtre coulissante haut placée ainsi que de murs en briques vernies marron foncé, de la moquette plutôt claire et de quelques jouets d'enfants avec lesquels une petite Colombienne adoptée jouait lors de notre arrivée le vendredi. Il nous faudra patienter jusqu'au dimanche pour voir enfin ce bébé tant attendu.Pour tromper notre impatience et par curiosité, nous avons un peu parcouru la ville, mais nous étions surtout préoccupés par les démarches nécessaires pour entrer en relation avec les autorités colombiennes afin de faire avancer le dossier. Nous avons été contactés assez vite par une avocate qui nous servirait d'intermédiaire pour toutes les formalités.

Les détails se sont effacés mais je me souviens de beaucoup de papiers à signer, de multiples interlocuteurs et de dialogues où je baragouinais un anglais approximatif, où je m'efforçais vainement de comprendre ce qui se disait en espagnol. Heureusement, Maurice traduisait.

Je me souviens aussi des conversations avec les deux familles présentes dans la maison qui, bien sûr, tournaient autour de l'adoption. Il me revient à l'esprit une triste anecdote à propos de parents qui, ayant fait toutes les démarches, avaient fini par rendre l'enfant parce qu'il ne correspondait pas à leur souhait. Notre indignation était grande. J'ai aussi un souvenir assez flou d'un couple d'Américains préoccupé de l'état physique de l'enfant choisi puis rendu aux autorités après la visite médicale à cause d'une prétendue malformation cérébrale. On s'inquiétait beaucoup du temps qu'il nous faudrait passer sur place, de l'incertitude omniprésente quant à la durée des démarches. Cette impression de ne rien maîtriser était puissante. Paradoxalement, je n'ai jamais pensé que je devrais rester très longtemps alors que beaucoup de témoignages racontaient le contraire. Je crois même avoir gardé l'heure française à ma montre. J'étais tendu car je trouvais que nos « affaires » n'avançaient jamais assez vite.

Confiant, le lapin blanc dormait dans ma valise.

À la veille du week-end, pour nous faire plaisir, un peu comme on donne un passe-droit, on nous a informé que le bébé allait être transféré de l'orphelinat à la maison de la directrice, Rosa de Escobar. Ainsi, il serait plus tôt avec nous.

C'était un dimanche.

Le lapin blanc pouvait enfin sortir de la valise. Je l'avais bien en main.

Nous sommes arrivés devant la maison, située sur les hauteurs de Bogotá. Belle demeure de propriétaire aisé contrastant avec les constructions misérables alentour. Je me souviens de l'entrée monumentale avec un perron et une volée de marches. Nous sommes entrés dans le salon, qui m'a paru immense. Comme dans les films historiques où le roi est assis sur son trône au fond de la pièce la plus vaste de son palais, je voyais de loin Rosa de Escobar, installée dans son grand canapé, un petit enfant à ses côtés. J'étais comme un hôte de marque, envoyé spécial ou ambassadeur, reçu avec les honneurs. Maurice marchait à mes côtés mais je ne le regardais pas. J'avais l'œil rivé sur cet enfant, qui allait devenir mon fils, collé contre la directrice, tellement petit dans sa salopette bleue et qui nous / me regardait lui aussi fixement. Le lapin blanc, serré dans ma main droite faisait ce qu'il pouvait pour attirer son attention. Il bougeait un peu les oreilles, se trémoussait doucement de droite à gauche à la hauteur de mon épaule. J'avançais lentement vers mon fils et nos regards ne se lâchaient pas. Je sentais une boule d'émotion me traverser le cœur. Le lapin me recommandait de me calmer un peu mais plus j'avançais et plus il faisait le singe, ce qui est le comble pour un lapin.

Arrivé tellement près de mon fils, il a fini par lui toucher la main, ce qui l'a laissé circonspect. La directrice a dû dire quelques mots de bienvenue en espagnol et tout à coup, sa présence et celle de Maurice redevenaient perceptibles. J'avais l'impression d'avoir fait la traversée du salon comme en immersion dans un océan de tendresse, avec le lapin blanc comme seule bouée.

C'est peut-être ce qui me fait dire encore aujourd'hui que j'ai, ce jour-là, accouché de Tomás dans un salon de la haute ville de Bogotá.

Il y a eu alors beaucoup de paroles que Maurice me traduisait et que je n'entendais pas, car toute mon attention allait vers ce petit bonhomme assis qui ne disait ni ne faisait rien mais qui restait concentré sur la situation. J'ai su assez vite qu'il s'agissait de conseils pour la nourriture et les soins divers et des informations sur le caractère de ce bébé. Je restais concentré sur lui et, en une seconde, j'ai compris que je pouvais le prendre dans mes bras. Le lapin m'y a un peu aidé ! Maurice voulait faire des photos mais moi je voulais goûter intensément ce tout premier contact physique. Le temps était venu de prendre congé. Arrivés sur le perron, nous avons marqué un arrêt, le petit bonhomme serré contre mon cœur. Nous y étions ! Le père, le fils et le grand-père, ensemble pour la première fois et pour toute une vie.

L'émotion était puissante. De retour à la pension, il fallait mettre en pratique les conseils qu'on m'avait donnés et qui se mélangeaient un peu dans mon esprit ; nourriture, médicaments, vêtements, horaires de sommeil et tant d'autres choses que j'allais apprendre « sur le tas ». Il fallait suivre pas mal de recommandations. Il devait prendre un antibiotique et nous attendions le rendez-vous avec un pédiatre pour faire justement le point sur son état de santé. Heureusement, j'étais intérieurement préparé, les gestes sont venus assez facilement et les mots aussi, même si je me disais que ce petit bonhomme ne devait pas comprendre grand-chose à ces paroles françaises. Mais je faisais confiance à l'intention, et à la musique de ma voix. Maurice et moi l'appelions par son « nouveau » prénom, Tomás, Tomasito. Nous lui avons prodigué beaucoup de caresses, de sourires, de baisers, des petits mots doux comme on le fait avec tous les nouveau-nés du monde sauf que celui-ci avait quatorze mois et toute une histoire dont j'ignorais encore l'essentiel. Sans doute habitué à passer de main en main, il avait l'air calme et restait dans mes bras sans broncher. Le lapin blanc ne l'intéressait pas encore. Il avait tant de choses à découvrir, tout autant que moi. J'étais frappé par la manière intense dont il nous regardait comme s'il lui fallait apprendre par les yeux ce que l'oreille lui refusait à cause de la barrière de la langue. Ce fut une plongée sans filet dans le concret.

L'écoulement du temps s'était brusquement modifié au rythme des biberons, des couches et des horaires de sommeil à respecter. Les moments qui nous restaient étaient consacrés aux promenades. Heureusement, j'avais emporté un porte-bébé et je me rappelle ces instants « fusionnels » inédits, l'émotion de sentir la chaleur de ce petit corps contre moi, sa respiration comme accordée au rythme lent de mes pas. Bogotá reste pour moi une ville un peu imaginaire tant j'ai l'impression étrange de n'avoir connu que trois ou quatre lieux spécifiques et beaucoup de rues peu fréquentées.

Notre visite à l'orphelinat Los Pisingos a été un moment fort. J'ai rencontré le personnel, exclusivement féminin, particulièrement dévoué et attentionné. On m'a fait les honneurs du lieu, visite du dortoir garni de petits lits côte à côte, de la salle de jeux, des cuisines et du salon sur le mur duquel étaient collées les photographies de tous les enfants adoptés. Quelques enfants jouaient dans un grand jardin semé d'une herbe dense, dépourvu d'arbres, qui entourait la maison. Tomás dans les bras, j'écoutais sans comprendre ce qu'on me disait. Mon beau-père traduisait un peu. J'étais distrait, occupé à m'imprégner des images et des couleurs.

Après avoir fait le tour de l'établissement nous

sommes rentrés dans l'attente des dernières démarches à faire pour pouvoir enfin partir. Je viens d'écrire « enfin partir », ce qui résume assez bien mon état d'esprit. Je n'étais que de passage. Je ne m'étais pas préparé à une immersion longue dans un autre pays. Je n'imaginais pas devoir y rester longtemps. Rétrospectivement, je trouve mon attitude bizarre ; elle pouvait laisser entendre que je venais prendre cet enfant et repartir, sans éprouver aucun intérêt pour le pays de sa naissance. Cette question a d'ailleurs été au centre de débats avec les autorités colombiennes. En 1986, le « marché de l'adoption » défrayait la chronique. Des avocats un peu louches ou des intermédiaires peu scrupuleux avaient en effet organisé des systèmes très lucratifs qui répondaient aux demandes nombreuses de parents adoptants. Je savais les Colombiens légitimement ombrageux sur le sujet car ces mauvaises pratiques nuisaient à l'image de leur pays et pouvaient laisser entendre qu'ils géraient une « économie » de l'adoption. D'ailleurs, l'avocate m'avait répondu assez sèchement alors que je m'impatientais à cause de l'attente un peu longue. Elle m'avait rappelé qu'au contraire, nous avions beaucoup de chance que cela se passe si vite et m'invitait surtout à découvrir la Colombie. Je passais à ses yeux pour un *gringo* européen qui n'avait cure de son pays et qui venait là pour faire son « marché ». Mon impatience pouvait me faire ressembler à certains parents candidats à l'adoption qui, par leur attitude détestable et arrogante, se comportaient comme des conquistadors. En fait je me sentais étranger dans un monde inconnu dont je ne parlais pas la langue, et je pense que c'était surtout l'absence de Corinne qui accentuait cette envie de rentrer au plus vite. Malgré toute la gentillesse de mon beau-père, je ne pensais qu'à l'instant où je pourrais présenter Tomás à sa mère.

La visite médicale a été un autre moment fort. Nous nous sommes retrouvés en face d'un médecin qui expliquait toutes sortes de choses incompréhensibles. Mes courtes études de médecine me laissaient juste comprendre que ce bébé avait des difficultés d'ordre respiratoire. Mon beau-père traduisait un peu mais c'était malgré tout assez obscur et je me demandais soudain quel était le caractère de gravité de tout ce qui m'échappait. Je repensais à ces conversations à l'auberge sur l'état de santé des enfants qu'on adoptait, sur les craintes des parents de repartir avec un enfant porteur d'un handicap grave et sur les recours qu'ils pourraient espérer dans ce cas. Je voyais un gros dossier avec des radios et des feuilles d'ordonnances diverses. Finalement, nous sommes sortis rassurés car rien de grave n'avait été détecté à part une petite « grippe » qui nécessitait le traitement antibiotique. Nous sommes rentrés et j'ai retrouvé les gestes que je faisais de plus en plus naturellement. Nourriture, toilette, couches propres, sommeil. Cette répétition quotidienne installait peu à peu la relation entre lui et moi. Mon beau-père prenait des photos. Il y en a une très émouvante dans la douche de l'auberge, un peu floue certes, où je suis sous l'eau avec Tomás dans mes bras.

Les jours passaient et les obstacles semblaient s'aplanir. Nous attendions toujours l'autorisation définitive de quitter le territoire avec tous les tampons officiels. L'avocate faisait le maximum, je le crois maintenant. Finalement nous avons pu repartir le lundi 8 septembre après seulement dix jours passés sur place. Rétrospectivement je trouve ça tellement court comparé à la mémoire que j'ai de mon impatience d'alors. Je me souviens d'un départ émouvant quand nous avons pris congé de la famille restée à l'auberge en attente de son adoption.

Et puis, l'aéroport, le vol vers Madrid.

Tomás avait été nourri et changé avant de partir mais en bon père débutant, je tenais à respecter scrupuleusement l'espacement réglementaire entre chaque biberon et j'ai donc eu la mauvaise idée, alors qu'il dormait tranquillement, de le réveiller pour lui donner à manger. Échec total ! Non seulement, il ne voulait plus prendre son biberon mais il hurlait de colère. Non seulement je l'avais réveillé mais il devait souffrir de la pressurisation car ses bronches étaient encombrées. De plus ça devait être un dépaysement brutal et une expérience violente pour lui. Toujours est-il que j'ai passé une grande partie du vol à parcourir le couloir de long en large, sous le regard amical mais impuissant des hôtesses, en essayant de le calmer afin qu'il ne réveille pas tous les passagers. À Madrid, nous devions attendre la correspondance deux petites heures et il me fallait trouver un endroit pour changer ses couches. Je revois les toilettes de l'aérogare, la surface métallique froide prévue pour les bébés et les grands lavabos assortis. Drôle d'endroit pour changer les couches!

Enfin, Paris. En prévision de la rencontre avec Corinne que j'imaginais évidemment émouvante, j'avais chargé mon beau-père de jouer le *paparazzi* et de fixer cet instant sur la pellicule. La chance a voulu qu'il fasse une photo extraordinaire qui, pour moi, raconte à merveille la scène. Elle est prise dans le hall de l'aérogare, juste à l'instant de nos retrouvailles. On peut y voir sur mon visage le bonheur de présenter notre fils à sa mère, l'éclair de surprise mêlé d'une profonde tendresse sur celui de Corinne, et le regard de Tomás qui semble lui aussi très curieux de découvrir qui est cette jeune femme qui lui sourit si gentiment. Cet instantané exprime un concentré d'émotions et raconte à merveille ce moment de grâce exceptionnel qui marque le début de notre voyage familial d'adoption mutuelle. Toute une histoire!

Eh ! Tomás[13]

Sur les ailes en métal
D'un Boeing exotique
Un quart de tour de terre et te voilà
Désigné par le sort
Bel humain, magnifique
Nommé par père et mère
Eh ! Tomás

Dans tes rêves secrets, où est cette colombe
Qui donne à ton pays d'Amérique son nom.
Je la vois dans tes yeux qui dévorent le monde.
La paix soit avec eux.
Eh ! Tomás

Bois des étrésillons, les étais du futur
Charpentes au jour le jour bravant nos nuits de veilles
Souffle nu du destin
Courtoisie du hasard
Eh ! Tomás

À l'heure des pas
Des pas qui hésitent
Au moment des mots
Des mots du début
Je t'écris l'espoir
Espoir composite
Eh ! Tomás

Paris, 12 septembre 1986

[13] *Poème écrit par David*

Journal de Rosa

Jeudi 12 juillet 2007, Bogotá

Nous partons pour l'église San Francisco de Paula, calle tercera, n° 57-61, Haut Chapinero, où nous a conviés le père Alejandro, le cousin de Gloria. Sa mère et sa sœur sont là ; tous trois sont très contents de rencontrer Tomás. Nous passons l'après-midi avec eux. Je leur raconte notre échec de la veille à Fusagasugá. Ils sont choqués par l'attitude de Roddy et ses insinuations sur le fait que personne ne voulait connaître Tomás parce que la famille comptait des religieux prestigieux. Que sait-il exactement ?

À la fin de cette journée très chaleureuse, nous rentrons à la maison et parlons du lendemain. Le père Juan Carlos, l'un des frères de Gloria, nous a invités dans son église à l'occasion d'une conférence épiscopale qui doit s'y dérouler. La famille est effectivement riche en hommes d'Église. Pas de temps mort, on ne chôme pas, il faut rentabiliser au mieux le séjour de Tomás.

Vendredi 13 juillet, Bogotá

Juan Carlos est très occupé par cet événement important et a malheureusement peu de temps à nous consacrer. Nous sommes déçus, mais malgré tout, c'est un moment agréable. Il dit qu'il est heureux de rencontrer Tomás, mais que cette histoire familiale si particulière le préoccupe et le peine beaucoup.

Samedi 14 juillet, Bogotá

Une journée tranquille. Tomás discute longuement avec sa famille, en France. On mange des bocadillos, des arepas, des buñuelos[14]. Nous sommes invités demain, dimanche, à La Calera, chez Teodolinda et Alvaro, la sœur d'Evelia et son mari, qui ont organisé une réunion familiale autour d'un barbecue.

Dimanche 15 juillet, La Calera

Nous arrivons à La Calera à l'heure de la messe, vers midi. Nous visitons la cathédrale puis nous faisons un tour en ville avant d'aller chez Teodolinda. Il y a là beaucoup de monde, oncles, tantes,

[14] *Comme en Espagne, le* bocadillo *est un sandwich, mais ce peut être aussi une confiserie composée de pâte de goyave et de* panela *(jus de canne à sucre). L'*arepa *est une galette de farine de maïs façon pancake fourrée au fromage (les préférées de Tomás). Le* buñuelo *est un beignet (dont il raffole également).*

cousins ; je rencontre même une dame qui travaille dans la même entreprise que moi. L'accueil est chaleureux, Tomás est ravi. On mange bien, de la viande, des pommes de terre, des épis de maïs, des plantains.
Tous prennent des photos, suspendus à Tomás. Il leur raconte comme il peut, avec ses quelques mots d'espagnol, sa vie en France ; eux lui parlent de la leur ici, etc. Vers 19 heures, nous rentrons à Bogotá.

Lundi 16 juillet, Bogotá

Nous allons visiter le sanctuaire de Monserrate autrefois dédié à la Vierge noire, à 3 200 m d'altitude, dans la Cordillère, à laquelle on accède par un funiculaire. Tomás est impressionné par la vue magnifique sur la ville.
Au bout d'une semaine à la maison, il a pris confiance et semble très heureux. Au départ, il pensait malgré tout passer une semaine à l'auberge de jeunesse où il avait réservé une chambre. Finalement il décide de rester chez nous et nous en sommes ravis.

Mardi 17 juillet, Bogotá

Journée tranquille. Tomás communique toujours beaucoup avec ses parents. Nous parlons un peu du rendez-vous important du lendemain.

Mercredi 18 juillet, Fusagasugá

Tomás et Gloria

Tomás profite du déjeuner chez Leonilde pour prendre congé de certains membres de la famille qu'il n'aura plus l'occasion de voir. On nous sert du *sancocho de gallina*[15] et du riz. Malheureusement, Tomás, un peu souffrant, ne peut rien avaler ; l'émotion peut-être. Encore des photos.

La maison est pleine de monde. Ils sont tous venus pour me voir. L'accueil est bien différent de celui que j'ai reçu chez Evelia. Chez Leonilde, je suis fêté, et ça fait du bien. Je me sens comme un membre de la

[15] *Plat national colombien rustique.*

famille, pas comme un étranger – même si c'est un peu ce que je suis. L'un me prend dans ses bras, un autre m'embrasse affectueusement. Je ne sais pas qui sont tous ces gens, mais je suis touché par la chaleur de leur accueil. J'apprendrai plus tard que ce sont des frères et soeurs de ma grand-mère. Tous sont fâchés du mauvais accueil que Roddy m'a réservé la semaine précédente. Roddy a mauvaise réputation, ils l'appellent le « ladrón » (voleur). En marge des conversations animées dont je ne capte pas grand-chose, Rosa m'explique que le mari de Leonilde propose qu'on se rende tous ensemble chez Evelia, ainsi Roddy sera obligé de nous laisser entrer. La proposition me touche beaucoup. Ils m'offrent l'occasion de faire une nouvelle tentative pour que je puisse enfin rencontrer Gloria alors que je n'y croyais plus.

L'une des filles de Leonilde propose de téléphoner chez Evelia pour essayer de convaincre Roddy de laisser entrer Tomás : c'est justement lui qui répond. D'abord il refuse, évidemment ; elle lui explique que Tomás va repartir en France et qu'il ne les dérangera pas davantage. Tomás, courageux, prend le téléphone.

Je ne suis pas très à l'aise parce que je parle mal espagnol (je repense à ma prof d'espagnol au collège que je faisais rire avec mon niveau catastrophique. Si elle me voyait...) ; et aussi parce que j'ai peur que Roddy refuse qu'on vienne. Au bout d'une vingtaine de minutes de marchandage sur le temps qu'il voudra bien autoriser, j'obtiens finalement son accord pour une entrevue de cinq minutes. Et nous voilà partis. Je ne peux pas dire ce que je ressens, je suis comme dans un état second, je passe d'une sorte d'indifférence à une grande nervosité ; je crois que j'essaie de me protéger à l'avance de l'émotion que je devine.

Quand nous arrivons chez Evelia, Roddy nous attend sur le pas de la porte. Son attitude est plutôt hostile. Il est surpris de voir tant de monde. Contrarié, il ne salue personne.

Une femme apparaît un instant près de lui et disparaît au moment où je m'approche. Je comprends que c'est Gloria. Je ne sais pas comment, mais je suis sûr que c'est elle. Tout le monde entre dans la maison. Ça parle fort, tous en même temps, tandis que je me trouve dans la chambre de Gloria, en présence de Roddy qui ne me lâche pas d'une semelle comme si j'allais la kidnapper. La porte se ferme et nous voici tous les trois. Je m'assois sur le lit à côté d'elle ; à peine une étreinte et plus rien. Ce bref contact physique, c'est, pour quelques secondes, renouer un lien perdu. Je ne sais pas ce que je ressens, ni ce que je pense, je suis comme anesthésié. Derrière la vitre, je vois la famille qui s'agite ; certains, impatients, entrent dans la chambre au bout d'une heure. Je suis vite happé par les uns et les autres, à part ma grand-mère qui me parle très peu et se tient le plus loin possible de moi ; elle ne semble pas très contente de me voir même si elle essaie de ne pas le montrer. Un peu étourdi, j'ai du mal à suivre tout ce qu'on me dit, mais ça ne fait rien, je suis content d'être là.

Roddy parle à Tomás des problèmes de santé de leur mère et des difficultés que connaît la famille. Je les surveille. Son attitude a changé, il s'excuse de son agressivité. Je lui reproche sa violence à l'encontre de Tomás et son refus de l'écouter et de le connaître.

Evelia nous offre à déjeuner, mais je décline. Nous n'acceptons pas non plus de café. Une cousine insiste pour que Tomás reste avec eux deux jours, mais je refuse aussi. Certains comprennent que j'ai la responsabilité de Tomás, que je ne peux pas le laisser. Il y a la barrière de la langue, bien sûr, mais je n'ai surtout pas confiance en cette famille dont certains membres n'ont pas caché leur hostilité. Alveiro avait pressenti le danger en me mettant en garde contre cette éventuelle invitation. On prend encore des photos, Tomás avec Gloria, la famille, tout le monde.

Une cousine demande à Tomás s'il a trouvé un accord avec son demi-frère « pour participer aux soins de leur mère », mais il ne comprend pas la question. Je me mêle à leur conversation pour essayer d'en savoir plus. Ce que je crois deviner ne me plaît pas ; effectivement, je finis par comprendre qu'elle lui réclame de l'argent car, dit-elle, la maladie de Gloria occasionne de lourdes dépenses. J'explique fermement que Tomás ne peut pas les aider, il est étudiant et vit chez ses parents. Il ne faudrait pas qu'ils s'imaginent qu'il pourrait jouer le soutien de famille. Ce serait un comble. Sa demande me choque, c'est vrai, mais venant de gens dans le besoin, elle peut se comprendre. Ce jeune homme qui a les moyens de se payer un voyage coûteux, qui vit dans une belle maison en France (il n'a pas pu s'empêcher de montrer des photos), doit pouvoir facilement les aider. C'est oublier un peu vite leur responsabilité et les blessures causées par l'abandon qu'ils lui ont infligé. Je ravale mes remarques et, le plus aimablement possible, nous prenons congé.

Nous allons dire au revoir à un fils de Leonilde qui nous accueille très gentiment. Tomás se sent brusquement mal ; pour soulager ses douleurs d'estomac on lui donne un thé avec beaucoup de sucre. La conséquence du stress de la journée sans doute. Nous faisons une pause pour lui laisser le temps de retrouver son calme avant de reprendre le chemin de Bogotá.

Cette journée a sans doute été la plus longue et la plus éprouvante de ma vie... Pourtant, je l'ai vécue comme une réconciliation entre « mes deux familles ». De retour en France, je me suis souvent rappelé ce moment avec un drôle de sentiment d'irréalité. Il m'en reste encore le souvenir d'émotions fortes et contradictoires. Peu à peu les choses ont pris leur place dans mon esprit. Le film des événements de cette journée extraordinaire, au sens propre, est gravé dans ma mémoire. Je crois qu'avec le recul, j'en apprécie davantage tous les instants. J'ai eu beaucoup de chance de retrouver ma mère biologique, ce qui n'est pas le cas de la plupart des adoptés.

Des débuts difficiles

« Allô... » Retrouver sa mère biologique, identifier ses racines, ne plus être né de personne. Énorme, indicible événement dont je suis le témoin affectueux, mais qui reste inaccessible, enserré dans le cœur de Tom. Quelquefois, plus jeune, il s'inquiétait : « Et si j'avais une maladie génétique, comment le savoir ? » Et que dire au médecin qui mécaniquement interroge sur les antécédents médicaux. Et « pourquoi m'a-t-elle abandonné ? », traumatisme définitif. Comment un petit bout de chou de quatorze mois vit-il la perte de tous ses repères pour la seconde fois, dans un bouleversement décuplé ?

À son arrivée aux Pisingos, il a été hospitalisé durant deux mois, pour dénutrition et pour des problèmes digestifs. Comme début dans la vie, on fait mieux. À peine a-t-il eu le temps de « s'adapter » à l'orphelinat, qu'il a été « enlevé » par deux étrangers, confiné dans une chambre pendant plusieurs jours en attendant les papiers officiels (visa, autorisation de sortie, dossier médical, etc.). Puis quinze heures d'avion, avec escale. À l'arrivée, une dame avec un gros ventre qui fait des bisous et des risettes ; et puis une nouvelle maison, un grand chien, une ambiance radicalement différente. Les visages familiers évaporés, l'élaboration de la langue espagnole, en germe dans son cerveau, stoppée net (il mettra du temps à remplacer le processus d'apprentissage de l'espagnol en cours par celui du français).

Une prise d'otage ne serait pas plus violente. Du jour au lendemain, le voilà dans un environnement inconnu, avec des gens dont le seul mode de communication avec lui est non verbal, ou peu s'en faut. Dans ce contexte d'insécurité et d'incertitude, la seule balise stable aurait été justement sa langue. Nous en avons eu confirmation de la bouche même de Tom. L'entendre parler espagnol avait été un des facteurs importants de son attachement à son grand-père. Le repère familier dont je l'ai privé. Aussi approximative en soit ma pratique, cela aurait été un fragile lien un peu sécurisant entre là-bas et ici. Soucieuse de bien faire, j'ai respecté l'injonction de « ceux qui savent », selon laquelle il aurait fallu que l'espagnol soit ma langue maternelle pour pouvoir l'utiliser sans quoi je courais le risque de l'embrouiller davantage. Bon petit soldat, j'ai obtempéré et je l'ai bien regretté. J'aurais mieux fait de laisser parler mon instinct. Je ne saurai jamais si cela aurait atténué la violence de la situation que je ne faisais que supposer, car en réalité, pendant longtemps, Tom a semblé étanche à tout. Impassible en apparence, il ne pleurait jamais, dormait beaucoup et n'exprimait rien, ni désir ni souffrance, encore qu'on pouvait déceler une inquiétude dans le regard qui me rappelait son expression sur ce minuscule photomaton en noir et blanc accompagnant la lettre administrative reçue en avril.

Tomás est né Herson. La question du prénom a été discutée pendant des semaines, débat parasité par les avis des uns et des autres, évidemment – quand je dis les uns et les autres, je parle surtout de la famille, du genre intrusif de bonne volonté. Herson était un prénom inusité en Europe et nous craignions qu'il devienne un handicap dans ses futures relations sociales, à cause des interrogations qu'il susciterait forcément. Nous voulions qu'il ait le choix de parler de ses origines ou pas. Dans cette perspective, nous avons cherché un prénom qui serait à usage multiple, usité dans les deux pays et qui nous plaise. Tomás, écrit à l'espagnol sans le « h » français, nous a paru un bon compromis. Rétrospectivement, c'était complètement absurde puisque cette absence de « h » est devenue une singularité qui n'a justement pas manqué de susciter les questions qu'on voulait éviter. Afin de mieux signer l'incohérence, nous tenions à le prononcer à l'espagnol en faisant sonner le « s » final. Conséquence inattendue de notre inconséquence, vers 7 ou 8 ans, Tomás a demandé, exigé même, qu'au sein de la cellule familiale, son père, sa sœur et moi, nous l'appelions Thomas, à la française, alors qu'à l'extérieur il se présentait sous le prénom de Tomás. Ce qui donnait lieu à des situations cocasses quand les gens se rendaient compte du hiatus, finalement admis par tous. Thomas à l'intérieur, Tomás à l'extérieur. Il exprimait très clairement son désir d'intégration dans la famille, qui ne souffre pas qu'on marque une quelconque différence, et, à l'inverse, son désir d'affirmation de sa différence dans ses relations sociales. Au fil des ans, certains ont contourné le problème en optant pour « Tom ». À vouloir bien faire, nous nous étions bien embrouillés. Après tout, notre choix pouvait passer pour une fantaisie familiale, confortée par le choix de la graphie du prénom de sa sœur : Jane, écrit à l'anglaise, prononcé à la française. On aura quand même réussi à leur compliquer la vie car ils sont constamment obligés d'épeler leurs prénoms, auxquels finalement ils tiennent beaucoup, nous voilà consolés (aujourd'hui, Tom déteste qu'on écrive son prénom à la française et Jane préfère qu'on ne prononce pas le sien à la Birkin ni qu'on l'écrive Jeanne). Et pour faire bonne mesure, il faut ajouter les identités à géométries variables des parents. Très jeune, leur père avait eu la drôle d'idée de transformer son nom de famille (David) en prénom pour constituer un pseudonyme d'artiste, devenu son nom d'usage (David Jisse), nom sous lequel je l'ai connu. À cette époque, il n'avait pas à l'esprit une future paternité. Ainsi, nos enfants, Tomás et Jane David, portent pour patronyme le prénom de leur père ! À l'école, les copains s'étonnaient : « ton père s'appelle David David ?! ». Non seulement tous deux s'en amusaient beaucoup, mais le plus curieux est qu'ils ont toujours fait une différence naturelle entre ces deux usages, comme si, à leurs oreilles, il ne s'agissait pas du même mot.

Du côté maternel, ce n'était guère mieux. J'aurais aimé choisir de m'appeler Madame David pour marquer le lien avec les enfants, mais cela créait une sorte de court-circuit ; même si, moi aussi, au fond, je distinguais les deux usages, j'aurais eu l'impression d'appeler mon mari par son nom de famille comme le faisaient autrefois les instituteurs pour rappeler à l'ordre un élève. Et puis j'avais à cœur d'utiliser mon nom de naissance – outre la revendication féministe – car il disparaîtra avec moi. Mon père avait changé de nom après la guerre pour protéger sa descendance. Il avait choisi le nom de la ville où la famille s'était réfugiée, Nay, qu'il voulait écrire : Denailles (de Nay). Mais l'administration lui a imposé un « u » parasite au prétexte qu'il aurait pu se prévaloir d'une particule : Deunailles. Furieux de cette trahison qui gommait le sens de son choix, il a consciencieusement éludé ce « u » déplaisant et je lui ai emboîté le pas. Résultat, je jongle avec mes différents patronymes, source de confusion pour moi, mais aussi d'étonnement pour les gens, surpris de ces fantaisies bizarres.

La décision de changer le prénom de cet enfant n'est pas allée sans repentir. Plus tard, on l'a un peu regretté. N'était-ce pas une atteinte à son identité ? Ne pouvait-il pas penser que le but était de le couper de ses racines ? C'est dire si chaque décision fait l'objet d'interrogations à l'infini. On se rassérène avec des idées bien rangées, bien sages, bien comme il faut, on analyse, on croit comprendre, on se fait croire qu'on comprend, mais tu parles, on n'y comprend rien, c'est à peine si on devine un peu.

Chaque jour, nous nous répétons, tel un mantra, que nous ne saurons jamais vraiment ce qui, dans la personnalité de Tomás ou dans son comportement, relève de son parcours ou pas, faisant au mieux au jour le jour, peu à peu rassurés, affermis et portés par une affection grandissante, seul critère fiable. On a beau se seriner que la situation ne serait guère différente avec un enfant biologique, même si on croit avoir en main le fil de l'histoire, ce n'est qu'illusion, nos relations avec nos enfants se tissent d'obscurités impossibles à décrypter dont on n'a même pas conscience. Mais cela va de soi, c'est compris dans le contrat : on a signé en toute connaissance de cause, enfin presque, et surtout, on s'applique à ne pas penser à tout ce qui nous échappe et à notre responsabilité. On n'a pas droit à l'erreur. Un enfant adopté arrive lesté de lourds bagages dont on estime seulement le poids global sans en connaître le contenu. On comprend vite qu'il va falloir intégrer comme une donnée cette sorte de trou noir de ces quatorze premiers mois de vie, qui resteront, à peu de chose près, muets même quand on en saura plus. On fait comme si on repartait à zéro, mais on n'est pas dupe du petit arrangement avec soi-même. Désormais, il va falloir composer avec tout ce qu'on ignore, avec l'inacceptable impossibilité d'effacer le traumatisme de l'abandon, avec les mensonges communiqués par l'orphelinat qui n'étaient que les fables inventées par la famille, mais ça, on ne l'apprendra qu'une vingtaine d'années plus tard.

Notre histoire commence le 10 septembre 1986, et nous allons la construire ensemble, dans l'ignorance des chapitres précédents. Et alors ?

Journal de Rosa

20 juillet 2007, La Calera

Nous sommes invités à déjeuner chez les parents du père Alejandro à La Calera. Après un repas de poulets rôtis et de pommes de terre passablement graisseuses, ils nous font visiter la ferme – ils ont des poules, des vaches, des champs de patates. Nous nous attardons jusque tard dans l'après-midi malgré le froid intense. D'autorité, Tomás m'a mis un chapeau sur la tête et m'a couverte d'un poncho pour me réchauffer. Ils lui offrent des petits cadeaux de départ, ce qui le touche beaucoup. Son voyage arrive à son terme avec ce dernier épisode affectueux, en toute simplicité, à l'image de ce couple de paysans. Nous prenons congé presque à regret, mais nous devons rentrer à Bogotá car Alejandro doit y célébrer la messe à 18 heures. Au cours de l'office, Tomás a pleuré.

21 juillet, Bogotá

Voilà, c'est le dernier jour d'un séjour intense. Une dernière fois, Tomás téléphone à ses parents. Je parle un peu avec son père, quelques mots de remerciements, des souhaits de bonne santé, etc. Nous l'accompagnons à l'aéroport, avec ma fille et ma petite-fille. Nous sommes très heureux d'avoir pu lui permettre de retrouver sa famille, et tristes de devoir déjà nous séparer.
La semaine suivante, il m'appelle. Il se remémore son voyage et il pleure.

Janvier 2008

Gloria décède des suites de sa maladie, à 49 ans. Rosa nous racontera que lors de l'enterrement, Roddy lui a demandé de faire savoir à Tomás qu'il souhaitait garder le contact avec lui et qu'il regrettait de s'être montré agressif et désagréable. La nouvelle du décès est arrivée en France simultanément par plusieurs voies. Preuve qu'en cette circonstance, les membres de la famille ont spontanément considéré Tomás comme l'un des leurs. C'est Jane qui a décroché le combiné, surprise d'entendre parler espagnol auquel elle ne comprenait rien à l'époque. Elle a deviné qu'on cherchait à joindre son frère et que c'était important ; elle a réussi à donner mon numéro de portable. Parallèlement, une cousine avait directement joint Tomás. Le décès de Gloria est un choc attendu et en même temps, un soulagement inattendu. En effet, quelques mois plus tard, Tom me confiera que sa disparition le perturbe, évidemment. Difficile de faire le deuil d'une mère qu'on a seulement entrevue. Pourtant, il voit son décès comme une libération coupable ; elle disparue, il n'aura plus à choisir entre nous deux, si tant est que l'alternative ait pu avoir du sens[16], ni à craindre quoi que ce soit d'un éventuel chantage affectif, peu probable mais qui l'inquiétait un peu. Je ne saurai jamais exactement quels bouleversements cette nouvelle a produits en lui, mais je suis frappée par sa force d'esprit, sa capacité d'analyse de ses émotions. Touchée aussi qu'il me le dise ainsi, simplement, tout en prenant acte d'un sentiment de culpabilité tenace dont il peine à se défaire.

Pendant un temps, il a eu du mal à résister aux appels de fonds de Roddy, sous prétexte qu'il devrait venir en aide à cette famille démunie puisqu'il a tiré le gros lot en France. Pour résumer, il a eu de la chance d'être abandonné ! C'est faux, bien sûr, mais cela dit bien les chemins retors empruntés par ce redoutable sentiment de culpabilité à l'œuvre chez la plupart des enfants adoptés, souvent convaincus qu'ils ont bien mérité leur sort parce qu'ils n'étaient pas aimables, d'où la nécessité de mettre plus ou

[16] Cette injonction à choisir s'inscrit dans notre conception occidentale de la parentalité selon laquelle l'enfant a nécessairement besoin d'un seul père et d'une seule mère. Dans ces conditions que faire de deux mères ? Cette théorie, qui depuis peu est en voie de réforme, ignore la pluriparentalité présente dans bien des sociétés, même en Occident. L'adoption plénière, contrairement à l'adoption simple rend encore plus rigide le cadre familial. Créée dans les années 1960 suite à un fait divers tragique, cette loi retire tous droits à la famille biologique, coupant ainsi les liens avec les origines. Aujourd'hui, grâce aux actions associatives, l'approche est plus nuancée et on commence à envisager la question essentiellement du point de vue de l'enfant.

moins à l'épreuve l'attachement des plus proches pour se sentir sécurisé. Ce n'est certainement pas par hasard si Tom exerce le métier d'éducateur spécialisé. Chaque jour, il travaille à réparer les liens affectifs et/ou sociaux rompus. Une manière de se réparer soi-même en contribuant à réparer les autres.

Novembre 2008, rebondissement

Ses études terminées à Brest, Alveiro est rentré à Bogotá et a repris son travail de professeur d'éducation physique au collège et à l'université dans le cadre des études équivalentes aux STAPS[17] en France.

C'est à cette époque que nous avons pris la décision de révéler à Tom l'identité de son père, dont il ignorait tout et dont il n'avait jamais pensé apprendre quoi que ce soit puisqu'on lui avait dit qu'il avait disparu. Il avait d'ailleurs vécu cela comme un double abandon, de la mère et de l'enfant. Avoir fait la connaissance de Gloria était déjà un miracle qui comblait l'essentiel de ses attentes et lui permettait plus facilement d'accepter l'idée qu'il ne saurait probablement jamais rien de ce père évanoui dans la nature, auquel il vouait une colère sans faille, persuadé que c'était un olibrius de mauvais genre qui avait plaqué sa mère en apprenant sa grossesse.

Rosa connaissait la vérité sur son père depuis 2007 et nous en avait fait part immédiatement. Elle m'avait expliqué que, sur le moment, elle avait préféré la taire et en différer la révélation pour ménager Tom. Elle craignait que cela soit trop d'émotions. Elle voulait aussi prendre le temps de vérifier la véracité de cette information démentie par les uns, véridique pour les autres. Persuadée d'avoir bien fait, elle culpabilisait quand même de la lui avoir cachée, redoutant qu'il lui reproche ce « pieux » mensonge par omission. J'ai beaucoup échangé avec Rosa et Alveiro pour établir le meilleur scénario possible. J'en discutais avec David qui, ne parlant toujours pas espagnol, ne pouvait pas participer à nos conversations. Rosa aurait voulu que ce soit moi qui me charge de la révélation, après quoi Alveiro lui aurait écrit pour lui donner des détails. Finalement, Nous avons orchestré les choses différemment. Après m'en avoir soumis la teneur, Alveiro a envoyé un courriel à Tom dans lequel il lui exposait la vérité dans toute sa nudité et dans son français approximatif (depuis il parle français couramment). La maladresse de son expression donnait lieu à des formulations amusantes bienvenues pour détendre l'atmosphère pesante du message[18].

[17] *Sciences et Techniques des Activités Physiques et Sportives*
[18] *voir page 139*

Je n'oublierai jamais le jour où j'ai vu Tom descendre l'escalier, son ordinateur portable dans les mains, sidéré par le courriel d'Alveiro qu'il venait de recevoir. Nous savions l'envoi imminent et n'avons pas été surpris, mais il fallait jouer l'étonnement puisque nous n'étions pas censés savoir quoi que ce soit. Submergés par l'émotion, nous avons eu bien de la peine à faire preuve de sang-froid et d'un talent de comédien au-delà de nos compétences. Nous lui raconterons très vite la mise en scène ourdie dans son dos. Pas question de participer à la tradition du brouillage familial.

Petit, Tom n'a jamais cherché à se représenter sa mère, mais il a longtemps imaginé son père biologique avec un grand chapeau, une canne et une barbe, un peu voyou côté mafia, on n'a jamais su pourquoi. Sa mère, triste de se retrouver seule, lui aurait donné les prénoms de son amoureux : Herson et Yesid. Il s'était fabriqué un roman familial comme le font tous les enfants, mais lui n'avait aucun matériau réel, seulement son imagination pour y pourvoir, à partir de quelques données succinctes. Et voilà que cette abstraction paternelle se convertit en réalité brute et brutale, son père biologique cumule les handicaps : il est l'oncle de Gloria côté paternel et prêtre dans la plus grande paroisse de Colombie. Un coup de tonnerre dans un ciel sans nuages ou presque ! Cette nouvelle éclaire les informations consignées par l'association Los Pisingos dans le dossier qui nous a été remis lors de l'adoption et qui nous avaient paru trop obscures pour les livrer telles quelles à Tom. Nous avions alors choisi provisoirement de lui dire que son père était inconnu, probablement un homme de passage qui avait rapidement disparu. Car comment expliquer que celui-ci a été rejeté par la famille (donc il est connu), qu'il est parti vivre à l'autre bout de la Colombie ? Nous apprendrons ultérieurement par la directrice de Los Pisingos que Gloria n'avait pas voulu exposer les vraies raisons de sa décision. On comprend que la situation ait pu être passablement embarrassante et que la fondation ait dû bricoler une explication avec le peu d'éléments recueillis.

C'est Leonilde qui a raconté à Rosa ce qui s'est vraiment passé. Sa version des faits aurait été confirmée par certains membres de la famille, mais contestée par d'autres. Gloria aurait avoué à sa tante Carmen (qui s'est occupée de Tom durant plusieurs mois) l'identité du père et déclaré qu'elle ne voulait plus entendre parler de tout ça.

J'ai toujours pensé que cette histoire stupéfiante, qui fait recette auprès des auditeurs à chaque fois qu'on a l'occasion de l'évoquer, présente des avantages dans son énormité même. Pour un peu, j'aurais applaudi à ce récit plus romanesque que le meilleur mélodrame. Cette tragédie ahurissante suscite l'apitoiement de tous, et nous nous plaisons à achever de les surprendre, voire de les choquer, non sans quelque jubilation, en déclarant que ce scénario nous ravit, comme nous ravit l'incrédulité qui se lit dans leurs yeux. C'est que, à tout prendre, cette réalité extravagante vaut mieux que rien ; elle répond à la question cruciale de l'identification de ses géniteurs et permet de désamorcer partiellement la culpabilité et la douleur de ce double abandon qui, de fait, perd de sa crédibilité et de son pouvoir de nuisance. Aussi curieux que cela puisse paraître, on n'aurait pu imaginer meilleur scénario qui explique ce drame dont Tom est la victime et dont il n'est coupable que dans ses fantasmes. Situation familiale épineuse doublée d'un péché mortel dans un pays très religieux : des arguments de poids pour convaincre Tom que son abandon n'a rien à voir avec sa personne. Dans cette configuration, Gloria, manipulée par la grand-mère dont elle était complètement dépendante, se trouve – elle aussi – exonérée de toute responsabilité.

Certes, sur le moment, la nouvelle a cloué Tom sur place, mais son sens de l'humour l'a aidé à prendre la distance nécessaire pour atténuer le choc. C'est ainsi qu'il a pu déclarer plus tard, pince-sans-rire : « Comme ça, si je le rencontre un jour, je pourrai dire à mon père, le prêtre : "bonjour mon père", il répondrait à son fils : "bonjour mon fils" et ajouterait peut-être : "va en paix". »

Tom, à cette époque, n'avait pas spécialement envie de savoir à quoi son géniteur ressemblait, alors que j'en étais très curieuse ; j'ai trouvé une photographie du père Jorge Bernardo sur le site internet du sanctuaire Las Lajas à Ipiales. J'avais beau scruter le regard sans expression derrière les lunettes à grosse monture noire de ce petit homme sévère et replet, à l'abri dans son costume de prêtre, je n'y trouvais aucun signe qui puisse me renseigner sur l'individu. Est-ce vraiment un coureur de jupons comme la rumeur le dit? Elle affirme même qu'il aurait tenté de séduire d'autres jeunes femmes dans la famille et qu'il serait entré au séminaire à la suite d'une déception amoureuse, tout comme Juan Carlos, un frère de Gloria. Un syndrome familial! La rumeur prétend aussi qu'il aurait trafiqué avec les Farcs, les célèbres terroristes avec lesquels il se serait compromis en leur vendant des terres, et qu'il fallait s'en méfier car il pourrait être dangereux! Mais ce ne sera peut-être que pure calomnie. En tout cas, il semblerait qu'il n'ait plus de relation avec une grande partie de la famille depuis la naissance de Tom. Il n'est pas venu à Bogotá pour l'enterrement d'Evelia, la femme de son frère. Tant de gens lui en veulent que toute information le concernant est suspecte de malveillance. Pourtant, certains disent qu'il est gentil, affable, affectueux même. Qui croire? D'un certain point de vue, tout cela est très romanesque.

Longtemps, Tom a refusé de savoir à quoi ressemblait cet homme. La surprise ne sera pas si grande quand il le découvrira enfin dans un album de famille. Il retrouvera les caractéristiques physiques familiales, la corpulence, les traits qu'on avait déjà remarqués sur une photographie où l'on voit un de ses oncles, frère de Gloria, auquel Tom ressemble incroyablement, ce qui ne lui plaît que moyennement, partagé entre la satisfaction de la preuve de sa filiation et l'agacement de ressembler à ce type qui, soyons franc, n'a rien d'un bel hidalgo, bien qu'on l'ait assuré que, plus que les traits physiques, ils ont en commun l'allure générale, la posture, la carrure, et un petit quelque chose dans l'expression du visage… À ceci près qu'il les dépasse tous de deux têtes et s'amuse souvent de cette différence de taille: « Le grand géant Tom au pays des Schtroumpfs ou des Minipouss[19] ». Évidemment notre fils n'a rien de Tom pouce!

[19] *Créatures mi-humaines, mi-souris, issues d'un dessin animé des années 80*

Décembre 2008, Alveiro et nous

Alveiro est de retour en France pour deux mois. Il coordonne un jumelage entre les universités de Bogotá et deux universités françaises. À Paris, il a désormais un point de chute chez nous. Nous sommes devenus son port d'étape hivernal. Ce rendez-vous annuel en pointillé nous manquerait s'il venait à s'interrompre. Il débarque chez nous au mois de décembre, encadré par ses deux énormes valises, épuisé par un si long voyage et toujours souriant ; il nous salue dans son français coloré et chantant d'un « alors ça va la famille, la forme ? ». Dans ses bagages, des cadeaux comme s'il en pleuvait de la part de Rosa : selon les années, des tee-shirts colombiens pour nous quatre, un porte-monnaie brodé de vives couleurs, une figurine en bois représentant une femme noire des Caraïbes, une horloge aux aiguilles dorées surmontée d'une reproduction d'un trésor amérindien célèbre, des tasses à café décorées des personnages tout en rondeurs du peintre colombien Fernando Botero, des vases bigarrés aux motifs amérindiens, des objets artisanaux en tout genre. Alveiro reviendra tous les ans, parfois accompagné d'Henri, son ami médecin ou d'une étudiante, toujours chargé de cadeaux pour nous et pour Sophie et Denis, sa famille « d'accueil » à Brest. En une dizaine d'années, nous avons reçu assez d'objets typiques pour ouvrir une boutique d'artisanat colombien, sans compter deux œuvres d'Oswaldo, le papa, des ornements d'église en stuc recouvert d'une feuille d'or par la main experte de Rosa ; une attention très touchante. Tous ces présents se sont peu à peu installés chez nous comme la matérialisation du lien tissé avec Rosa.

En retour, Alveiro repart chaque année avec son lot de cadeaux pour ses parents : des sets de table, des assiettes à l'effigie de la tour Eiffel, du vin, du fromage, des douceurs françaises, etc. Toujours enthousiaste à l'idée de visiter Paris, chaque année, il arpente la ville, seul ou avec Tom. Son parcours préféré le conduit des Champs-Élysées à la cathédrale Notre-Dame, et il n'oublie jamais de se faire prendre en photo au pied de sa Dame de fer adorée. Nous allons au musée, au cinéma, au théâtre, à Versailles.

Il arrive qu'il passe Noël en famille avec nous. Il a découvert la neige pour la première fois de sa vie à Besançon, un événement inoubliable. Je voudrais toujours profiter de sa présence pour améliorer mon espagnol mais il tient à parler français car il n'en a guère l'occasion le reste de l'année ; on négocie, on mélange, il s'adresse à moi en français, je réponds en espagnol. On en arrive parfois à mélanger les deux langues dans une même phrase. Il nous parle de la Colombie et de ses problèmes endémiques, de ses parents, des Brestois Sophie et Denis et de leur petit garçon colombien, Juan David, né à Pasto, province de Nariño, qui entre dans la géographie intime de Tom.

Au fil des ans, une relation singulière se construit, d'abord un peu maladroite, chacun cherchant ses marques car au fond, on ne se connaît pas vraiment. Les débuts ont été un peu laborieux ; Alveiro était le relais entre Rosa et nous, un envoyé spécial. Il fallait dépasser ce statut de porte-parole pour créer ce lien inédit, unique, inventé à plusieurs voix au fil de nos conversations, tricotant notre histoire comme un épiphénomène imprévu qui vient enrichir le motif. Il est un des maillons fondamentaux de notre chaîne magique par qui tout a pu advenir.

23 juillet 2010, retour en Colombie

2010, retour en Colombie, Tom et moi. Il aurait souhaité que nous fassions le voyage à quatre, découvrir en famille son pays de naissance, mais les circonstances ne s'y prêtaient pas. Nous sommes partis tous les deux, en décalé. Il a voulu s'envoler le premier, seul, retrouver ses marques, je l'ai rejoint quinze jours plus tard. Ce voyage était comme une réparation symbolique de celui que je n'avais pas pu faire en 1986. Vu de Paris, c'était un peu abstrait, seulement des mots. Mais sitôt arrivée, tout est devenu bien concret. Quelle étrange impression de voir mon fils m'attendre dans le hall de l'aéroport, entre une petite dame aux cheveux courts et à l'air sévère, déterminé – Rosa je suppose – et Alveiro. Voir ainsi mon fils dans ce contexte, accompagné de Colombiens, c'est le monde à l'envers. Me revient sa voix au téléphone, trois ans plus tôt, à 6000 km de distance, lui, le jour, moi la nuit : « allô, maman ? j'ai rencontré ma mère ». Tout se télescope dans mon esprit, les aéroports s'arrogent le premier rôle, plaques tournantes de notre histoire.

Sur la route menant à Bogotá, le coucher de soleil embrase la totalité du ciel dans un flamboiement spectaculaire de carte postale. Quelques minutes plus tard, les silhouettes majestueuses des montagnes enserrent la ville dans un clair-obscur inquiétant. Le paysage me happe et ravive des images anciennes au souvenir desquelles j'aurais voulu rêver un instant, tout à la joie de ces retrouvailles intimes avec cette mégalopole hors normes. Retour à Bogotá, quarante ans plus tard... Un hasard ? Dans ma jeunesse, Bogotá a été une étape d'un voyage au long cours en Amérique du Sud. Je me rappelle avoir passé la frontière entre la Colombie et l'Équateur à deux pas du sanctuaire de Las Lajas, où officiait déjà le futur « géniteur » de Tom.

Mais le présent me tire par la manche et je remets à plus tard le film des souvenirs. Soudain, j'atterris pour de bon. Être là avec Tom dans le pays qui l'a vu naître, faire enfin la connaissance de cette famille par qui les miracles adviennent, c'est beaucoup d'émotions d'un coup. Le taxi jaune slalome maintenant à grande vitesse entre les files de voitures, conduite sportive pour chauffeur énervé. Heureusement qu'Alveiro est avec nous pour traduire si nécessaire car mon espagnol est un peu rouillé et je ne suis pas exactement dans mon assiette. Dans le fracas de la circulation et de la radio qui braille sur la plage arrière un salmigondis de publicités yankees, de commentaires d'animateur survolté et de chansonnettes à deux pesos, j'essaie de me concentrer sur le récit de son enquête sur la famille de Tom que Rosa me fait à mi-voix. Elle est entrée tout à trac dans le vif du sujet et j'ai du mal à suivre. J'attrape au passage quelques informations sporadiques, mais je suis trop déboussolée pour retenir quoi que ce soit d'ordonné.

Chez Rosa et Oswaldo

Rosa et Oswaldo nous reçoivent comme des rois dans leur maison à l'architecture fonctionnelle, qu'ils agrandiront progressivement en faisant construire des étages supplémentaires. Le dernier étage ainsi que la terrasse sont le domaine d'Oswaldo, qui y a installé son atelier ; c'est aussi le terrain de jeu des nombreux chiens et chats. Le couple est attaché à ce quartier, pourtant réputé dangereux, où ils ont toujours vécu et dont ils connaissent tout le voisinage.

Alveiro nous cède sa grande chambre et la totalité du premier étage, qui comporte un espace salon et une longue table, certainement réservés aux grandes occasions. Il dormira au rez-de-chaussée, dans une petite chambre beaucoup moins confortable. La décoration intérieure est spartiate, carrelage au sol, mobilier hétéroclite et trois télévisions. Rosa a décidé de nous servir les repas comme à l'hôtel ; c'est très gênant mais elle est têtue. Au bout de quelques jours, elle finit par accepter qu'on mange tous ensemble au rez-de-chaussée, malgré le peu d'espace ; on ne perd pas au change, l'ambiance est franchement plus conviviale.

Autant Rosa est dotée d'une forte personnalité, autant son mari, Oswaldo, est un homme réservé, discret, très pote avec son perroquet Rebeca qui sait chouiner comme un chien et interpelle sans cesse son maître, qu'elle affuble d'un curieux sobriquet, « Coket ». Artisan, l'Église est son client presque exclusif. Il crée des ornements en stuc ou en bois pour les édifices religieux du pays ; à Bogotá, il est le seul professionnel dans ce domaine (il faut parfois négocier ferme avec le curé qui n'hésite pas au moment de la livraison à marchander encore le prix au prétexte qu'il faut servir humblement le Seigneur).

Rosa a travaillé trente-cinq ans comme ouvrière dans une entreprise textile qui fabriquait des vêtements pour hommes. Elle doublait souvent ses horaires pour payer les études d'Alveiro. Rosa et Oswaldo vivent dans un quartier modeste. Si modeste que Rosa s'est beaucoup inquiétée de recevoir ce jeune européen dans leur humble foyer ; elle en a ressenti de la gêne, pour ne pas dire un peu de honte. Car Rosa est une femme fière, au tempérament bien trempé, courageuse, dynamique, opiniâtre et généreuse sans manières. Elle est peu démonstrative mais efficace et très active.

Ils accueillent chez eux depuis plusieurs années la petite Jenny, dont ils s'occupent comme de leur propre fille et que Tom connaît déjà. Visiblement, elle l'aime bien. Sa famille habite à quelques blocs mais le père est en prison et la mère défaillante. Sans Rosa, la petite serait livrée à elle-même. Elle la craint, car Rosa ne plaisante pas avec les règles strictes de l'éducation mais elle lui offre le cadre de vie et l'affection qui lui manquent. Plus tard, Jenny leur sera arrachée, envoyée dans un orphelinat avec interdiction de communiquer avec Rosa. Après une période très difficile, elle sera adoptée aux États-Unis par une famille au sein de laquelle elle s'épanouira auprès de ses nouveaux frères. Un destin finalement heureux parmi des milliers d'autres, tragiques. Et surtout une capacité de résilience chez Jenny hors du commun. Pendant des années, Rosa est restée sans nouvelles et Jenny a longtemps cru qu'elle l'avait abandonnée. Heureusement, elle a fini par renouer avec elle. Dans une lettre très émouvante, elle lui a exprimé toute son affection et sa reconnaissance. Aujourd'hui, Jenny rêve de retrouver sa grande sœur et son petit frère dont elle a perdu la trace mais n'a aucune envie d'avoir des nouvelles de ses parents. Elle viendra peut-être en Europe faire des études. Peut-être l'accueillerons-nous chez nous, et un nouveau chapitre s'écrira, une digression au récit principal.

Un petit tour côté Caraïbes

Avant mon arrivée, Tom avait fait de petites incursions à l'intérieur du pays, un territoire si grand que chaque province pourrait être un pays à part entière. Ensemble, nous nous sommes accordés quelques jours sur le littoral caribéen, magnifique, préalable au programme intense qui nous attend à Bogotá. Rien que tous les deux dans une région que nous ne connaissons ni l'un ni l'autre. Un voyage intime, impressionniste, à la découverte des visages, des traditions. Rêver la Colombie, se laisser traverser par les sensations, les paysages, les couleurs, les sons, les incorporer, déléguer au corps mis en jeu le soin de restaurer ces marqueurs génétiques d'un genre non répertorié, participer à la réparation des liens rompus. Une courte excursion moins touristique qu'il n'y paraît.

Sur la côte caraïbe, les Afro-Colombiens – qui constituent la majorité de la population, mais à peine 10 % de la population nationale – sont l'objet d'un racisme ordinaire à Bogotá. Ils passent pour paresseux, indolents, oisifs, menteurs, etc. On daigne reconnaître pourtant leur apport important à la vie musicale. La population colombienne, constituée d'Amérindiens, de Noirs et de Blancs, est la plus métissée du monde ; elle compte 85 ethnies différentes[20] pour un nombre infini de combinaisons entre ces différentes origines.

Los Pisingos a pensé nous faire plaisir, voire devancer notre hypothétique attente, en nous annonçant que le petit qu'ils avaient choisi de nous confier était très blanc… Un privilège qui nous a laissés sans voix car nous n'avions bien sûr formulé aucun autre souhait que celui d'accueillir un enfant. Résultat, Tom a une morphologie si européenne qu'il se sent un peu étranger dans son pays d'origine, voire dans sa famille d'adoption plus « métèque » que lui côté mère et sœur ! Adolescent, alors qu'il revendiquait ses origines, les Colombiens qu'il rencontrait en France ne le reconnaissaient pas comme l'un des leurs et cela le faisait souffrir. Parfois, il regrettait de ne pas avoir des traits traduisant clairement sa nais-

[20] *58 % de métis (d'origines espagnole et amérindienne), 20 % de Blancs, 12 % de Mulâtres, 6,6 % de Noirs, 3.4 % d'Amérindiens.*

sance, même s'il savait qu'en Europe c'est parfois un gage de tranquillité. Parce que, comme il dit, il ne porte pas son histoire sur la figure; en revanche il la porte dans le dos couvert d'un tatouage géant qui met les pendules à l'heure.

Conjuguer au présent deux mondes éloignés en tout point est un exercice mental acrobatique singulier. Plus jeune, Tom s'indignait quand on insinuait que la Colombie était un pays dangereux, miné par les trafics et la corruption, dont les gouvernements successifs ne prenaient aucune mesure sérieuse pour remédier à la misère endémique. « Touche pas à mon pays ! », une susceptibilité patriotique attendrissante qui témoigne de la difficulté d'appartenir à la fois à un monde qu'autrefois on appelait « en voie de développement » et à un pays occidental riche qualifié, de manière discutable, de « développé ». Au-delà des difficultés économiques, la vie l'a coupé de ses racines, il a poussé hors sol. Être né là-bas sans être Colombien, être Français sans être né en France mais y avoir grandi. Faire coexister ses deux faces de lui-même. La France dans le cœur, la Colombie dans le sang, comme il dit. Apprendre à connaître son propre pays comme un étranger qu'on n'est pas vraiment. Impossible dialogue intérieur entre ses deux cultures dont une, seulement attestée par un acte de naissance, ne repose sur aucun vécu. La famille d'origine, de sang, lui reste fondamentalement étrangère quoi qu'il fasse, tel un membre fantôme. Une source de souffrance et un problème d'identité majeur. En réalité, la complexité est encore plus grande qu'il n'y paraît. Quand on passe son enfance dans son pays de naissance, l'identité culturelle va de soi. Tom est né dans le berceau colombien et a grandi en France. Dès qu'il a été en âge de réfléchir, il a vite perçu la problématique. Conjuguer deux identités culturelles qui n'ont pas du tout le même statut est un exercice périlleux. Danseur de salsa passionné, il n'a jamais ressenti la nécessité d'apprendre l'espagnol autrement que sur le terrain. Longtemps il ne s'est intéressé que de loin à l'histoire du pays, comme s'il vivait avec une part d'ombre constitutive à laquelle il n'aura jamais accès, telles les racines végétales qui poussent en profondeur dans l'obscurité de la terre. Dans ce contexte, visiter le pays en touriste ne devrait théoriquement pas aller de soi, mais Tom semble vivre ces contradictions sans trop de tempêtes intérieures.

Notre petite escapade sur la côte caribéenne commence à Cartagena de Las Indias, ville coloniale fondée lors de la Conquête, qui a été un grand centre de la traite des esclaves. Une des destinations touristiques les plus prisées des Américains, qui bien souvent n'en connaissent que le magnifique quartier historique et ignorent la misère à deux rues de là. La vieille ville regorge de beautés architecturales et les soirées en bord de mer sont d'une douceur séraphique. La grande terrasse chic du Café del mar sur les remparts, entre les canons espagnols, offre une vue superbe sur la baie. Nous ne résistons pas à la tentation d'un de ces cocktails multicolores qui font légèrement tourner la tête. Sans façons, une très jolie et souriante jeune femme engage la conversation. Brésilienne, elle parle très bien le français avec un accent chantant. Elle a mis le cours de sa vie brésilienne entre parenthèses pour s'embarquer dans un voyage en solitaire. Une pause pour se retrouver. Tom est séduit par son charme discret. Ils ne se reverront pas mais garderont le contact via les réseaux sociaux. Une belle rencontre.

Le lendemain, nous prenons la direction du nord. À la frontière avec le Venezuela, la grande réserve naturelle de Tayrona abrite une belle diversité d'espèces. Si on est chanceux, on peut y croiser des tapirs, des pumas, des jaguars, des loutres, des daguets rouges et de nombreux oiseaux[21], depuis le minuscule colibri jusqu'au majestueux condor des Andes. Au cœur de la forêt, la *ciudad perdida*, cité perdue des Indiens Tayronas. Un chemin sauvage se fraie un passage dans la végétation luxuriante et débouche sur une plage de rêve dans un splendide paysage de carte postale, généreux et hostile. Les courants marins extrêmement violents sur cette côte sans surveillance provoquent de nombreux accidents.

Au creux de l'anse d'une petite baie, Taganga s'accroche à la colline, coincée entre mer et montagne. On loge à La Casa Felipe, sur les hauteurs de la ville, architecture coloniale et accueil chaleureux des hôtes français. Farniente assuré. En contrebas, la *playa*

[21] *On dénombre en Colombie 20 % des espèces mondiales.*

grande est hérissée de paillotes; des bateaux de pêche multicolores se balancent à l'ancre, d'autres sèchent sur la grève où tôt le matin ils ont déversé leur cargaison. Le paysage côtier, sable blanc, eaux transparentes, est à couper le souffle. Les pentes de la Sierra Nevada dévalent jusqu'à la mer des Caraïbes. En 2010, la région était encore épargnée par l'industrie du tourisme mais pas par la pauvreté. Elle n'était pas encore polluée par le trafic de drogue et la prostitution.

Visite obligatoire à Santa Marta, « la perle des Amériques », inscrite au patrimoine historique national, un autre témoin du passé colonial, à quelques kilomètres de Taganga. La ville s'enorgueillit d'une belle cathédrale, à la blancheur éclatante, qui servit de demeure au *libertador* Simon Bolivar. Il est émouvant d'apprendre que l'écrivain Gabriel Garcia Marquez, prix Nobel de littérature, est né dans un village voisin, Aracataca, le Macondo de *Cent ans de solitude*.

La fête de la mer y bat son plein. Beaucoup de monde dans la rue principale, des costumes colorés, des défilés, des parades au son d'une musique entraînante. On se régale d'un plat populaire typique de la région vendu dans de petites échoppes au coin des rues, l'*arepa de huevo*, des galettes de maïs sucrées frites fourrées avec un œuf. Elles sont accompagnées de riz à la noix de coco, de *patacones* (galettes frites de banane plantain) et d'une salade avec des oignons, de la tomate et du jus de citron. Diététique en diable ! Ce jour-là, impossible de trouver les chaussures salvatrices qui me délivreraient de maux de pieds lancinants.

Le retour à Cartagena nous réserve quelques surprises. Nous expérimentons les joies des *colectivos* (taxis collectifs) dont les chauffeurs fantaisistes et désinvoltes démarrent quand cela leur chante, vous déposent où ça les arrange sous prétexte de course urgente, vous laissent mariner des heures sans explication dans un local étouffant. On finit par rejoindre Cartagena pour une dernière soirée en tête à tête, devant un délicieux riz coco, plat typique de Cartagena inégalable.

De retour à Bogotá, nous retrouvons Rosa. Entre-temps est arrivée la famille de Brest qui a accueilli Alveiro pour deux années.

Sophie et Denis ont récemment adopté un petit garçon à Pasto, non loin d'Ipiales, où vit le père biologique de Tom. Encore une coïncidence. Nous sommes choyés par Rosa, pas du tout inquiète de devoir s'occuper de tant de monde. Comme il n'y a pas assez de place pour nous loger tous, elle expédie son neveu dormir sur le canapé, et Alveiro partage la chambre de sa mère avec Jenny. Oswaldo, lui, a ses quartiers au dernier étage. Le matin, Rosa nous prépare des jus de fruits excessifs et délicieux dans sa minuscule cuisine. Nous visitons le marché très animé où tout est démesuré ; des légumes et des fruits exotiques à profusion, parfumés, gorgés de soleil, aux couleurs éclatantes, d'une taille phénoménale dont on n'a pas idée en Europe, aux noms poétiques : *pomarosa* (pomme au parfum de rose), *plátano bocadillo* (banane « sandwich » miniature abusivement sucrée), *lulo* (narangille), *mamoncillo* (quénette, fruit proche du litchi) ; sur les étals de boucher malodorants les mouches en pagaille se disputent la meilleure place ; on y vend des objets d'artisanat et de quincaillerie de toutes sortes. Les allées débordent de marchandises et de chalands, de vendeurs ambulants d'*arepas*, de *tamales*[22] d'*empanadas*[23] ou de *choclos*[24].

En attendant de nous rendre à La Calera, trois jours plus tard, où nous sommes invités à déjeuner par Berta et Elvia, les sœurs de Jorge Bernardo, nous partons visiter Villa de Leyva avec Rosa, Sophie et un ami. Le *transmilenio*, super-réseau de douze lignes de bus qui couvrent 113 kilomètres, nous dépose une heure plus tard à la gare terminale. Désorientés, nous nous trompons de sortie. Cherchant le bus qui doit nous conduire à destination, nous débouchons brusquement sur la voie rapide, le long de laquelle nous cheminons au risque de notre vie sans savoir quel parti prendre ; soudain nous apercevons notre bus qui passe devant nous sans s'arrêter. Découragés, nous pensons rebrousser chemin quand un autre bus finalement s'arrête ; le chauffeur a eu pitié de nos grands signes désespérés. D'ailleurs, nous n'étions pas les seuls à errer au bord de cette route dangereuse, en plein soleil.

Trois heures et demie pour gagner Villa de Leyva, cité fondée en 1572 par les colons et fierté colombienne inscrite au Patrimoine national. Sur la *plaza mayor* – la plus grande place de

[22] *Le tamal est une papillote amérindienne qu'on trouve également au Mexique et au Pérou. Il est préparé à base de pâte de farine de maïs à laquelle on ajoute du bœuf ou du poulet. La pâte est enveloppée dans une feuille d'épi de maïs ou de bananier pour former un petit paquet ficelé qu'on cuit à la vapeur. Plat national colombien, il est originaire du Mexique.*
[23] *L'empanada (en espagnol, empanar : fourrer) est un petit chausson d'origine espagnole (région de Galice) dont la pâte est faite à base de farine de maïs ; elle est fourrée diversement selon les pays et les régions.*
[24] *Épi de maïs.*

Colombie –, il règne une ambiance de western façon Sergio Leone. Impressionnant. Un large espace pavé, dénué de végétation, écrasé par le soleil, dominé par les sommets de la Cordillère orientale, bordé de maisons blanches, constructions coloniales pour la plupart, architecture métissée de culture espagnole et amérindienne. L'église de Nuestra señora del Rosario, magnifique, immaculée, construite par les Dominicains au XVIIIe siècle, se confond avec les bâtiments voisins.

De Villa de Leyva au monasterio del Santo ecce Homo à Pavachoque, ce sont environ dix kilomètres. Non loin, à Sutamarchan, se déroule en juin un festival amusant de batailles de tomates. Nous prenons un taxi. Arrivés au contrôle, un policier donne son numéro de portable au chauffeur en cas de problème au barrage militaire pour surcharge car nous sommes six passagers. On passe comme des fleurs avec un petit coucou de la main. Entre chauffeurs de taxi, policiers et militaires, on s'arrange. Le monastère dominicain, toujours en activité, est situé en pleine nature. Dans un environnement semi-désertique, il offre une vue spectaculaire sur Villa de Leyva. Le lieu respire la paix et la sérénité, comme frappé d'amnésie, comme oublieux des persécutions des Indiens locaux, les Muiscas, dont les colons pensaient qu'ils n'avaient pas d'âme. Nous foulons un sol incrusté de milliers de fossiles ammonites préhistoriques, vestiges de l'ancienne mer qui occupait la région il y a 250 millions d'années.

Puis, après un détour par Raquira, réputée pour son artisanat local, son « Pont des âmes », nous rentrons à Bogotá. Le retour n'en finit pas. Le car fait un long arrêt inexpliqué au terminal de Tunja, puis redémarre ; il lambine, roule à petite vitesse car un collègue du chauffeur fait de la retape en équilibre sur le marchepied pour remplir le bus. Durant le voyage, Rosa reprend le fil de son récit et soudain fond en larmes, bouleversée par l'accueil médiocre que certains membres de sa famille ont réservé à Tom. Elle n'admet pas combien son retour inattendu a dû être compliqué pour eux. L'ambiance est un peu lourde et nous sommes fatigués.

La Calera, 1er août 2010, chez Berta et Elvia

Le point d'orgue du séjour est sans conteste le déjeuner chez les sœurs de Jorge Bernardo, le père biologique de Tomás, avec de nombreux membres de la famille. Encore une fois, Rosa a tout organisé mais Tom n'a pas voulu qu'elle nous accompagne, une manière de prendre les choses en main sans intermédiaire. Elle en a été froissée et moi, j'en ai été gênée. Sans aucun doute, elle est très contente que je sois là, mais je jurerais qu'elle aurait préféré avoir Tom pour elle toute seule. Lui n'est pas toujours à l'aise à l'égard de cette sorte d'emprise maternelle qu'il n'a pourtant aucune envie de rompre au nom de la sincère gratitude qu'il lui doit et de la profonde affection qu'il lui porte.

Départ très tôt pour prendre le *transmilenio* qui nous conduit à la gare routière pour attraper le bus qui nous amène à La Calera. Sur la route, le climat est nettement électrique entre Tom et moi ; il est nerveux, à cran pour une broutille, me laisse sur place pour aller se renfrogner dans un coin à l'autre bout du bus. Je ne vaux guère mieux. Je le rejoins et m'assois à côté d'une petite Indienne au visage chiffonné. Et là, sans transition, preuve tangible de la tension intérieure, je craque et verse quelques larmes qui n'échappent pas à ma voisine ; elle se penche vers moi, tandis que sa fille, debout derrière elle, se dévisse la tête pour me scruter, et m'interroge : *« ¿Señora, porque lloras ? su marido falleció ? »* (« Madame, pourquoi tu pleures, ton mari est mort ? »). Je reprends mes esprits, esquisse un pauvre sourire. On se met à parler avec la petite, toute petite Indienne qui s'étonne de ne pas comprendre notre langue et nous défie en riant de comprendre la sienne. Arrivés à la gare routière nous prenons congé de la mère et de la fille. Une heure et demie plus tard, le bus nous dépose à La Calera où nous avons rendez-vous avec Celia, la nièce de Jorge Bernardo, et sa fille Karen, devant l'église où se déroule l'office de midi. Nous sommes dimanche. À droite de l'église, sur la place, le joli bâtiment de la mairie, premier lieu où Rosa s'est rendue quand elle a commencé son enquête. Nous n'avons pas encore atteint notre destination. On doit venir nous chercher, mais nous ne savons pas très bien où nous sommes censés attendre.

Enfin, Celia aperçoit la voiture devant le marché, presque en face de l'ancienne maison d'Evelia et Gloria. Nous nous engouffrons dans le vieux véhicule déglingué dont les amortisseurs ne nous épargnent pas les chaos du chemin truffé de nids-de-poule et de flaques boueuses. Nous traversons une campagne triste, froide, austère. Le chauffeur indique au loin une maisonnette perdue dans un espace gris, plat, cerné par les montagnes, sommets sombres prisonniers de la brume. J'aperçois un groupe sur le pas de la porte. Le comité d'accueil.

Aux abords de la maison, un amoncellement d'objets cassés, rouillés, typique de l'environnement des quartiers pauvres. Pourtant la plupart des membres de la famille de la deuxième génération ne sont pas dans le besoin. Tous ont un métier et un niveau de vie corrects. Mais ici, l'impression n'est pas à l'opulence. Au milieu de ce bric-à-brac, ce sont deux, et non pas une, toutes petites maisons frustes en parpaing, probablement récentes – les plus anciennes maisons généralement sont faites en briques d'adobe couvertes de toits aux tuiles ébréchées (parfois une simple tôle) [25].

L'une des maisons est affectée aux chambres, l'autre comporte une cuisine et une salle à manger. Une architecture archi brute, un intérieur spartiate et fonctionnel, des murs d'un bleu délavé peints à la hâte, un sol de terre battue.

Nous sommes chez Berta et Elvia. Les voilà sur le seuil, entourées d'une dizaine de personnes, toutes vêtues simplement, d'un sweat-shirt et d'un jogging pour certaines, la casquette vissée sur la tête. Trois générations sur le pas de la porte pour nous accueillir.

On pénètre dans la maison par une pièce sommaire qui semble être la cuisine. Les étagères sont encombrées de récipients en plastique de tailles et de couleurs variées, de marmites en fer. Beaucoup de sacs en plastique entassés pêle-mêle sur les étagères, d'autres, accrochés au mur couvert d'ustensiles, voisinent avec un grand calendrier illustré d'une image religieuse représentant un saint serrant dans ses bras deux jeunes enfants.

On nous fête, accolades chaleureuses et embrassades. La table, qui occupe presque tout l'espace, est dressée succinctement. Tout le monde s'installe bruyamment, puis le silence tombe ; nous

[25] La brique d'adobe est constituée de terre crue, c'est un matériau millénaire très fréquemment utilisé en Amérique de Sud et qu'on redécouvre en Europe pour ses vertus écologiques.

sommes tous un peu gênés et la conversation peine à démarrer. Le repas est servi sans tarder, du *sancocho de gallina*, ragoût populaire local qu'il n'est pas envisageable de refuser, ni même d'en demander une petite portion. On me présente une grande assiette creuse remplie d'un bouillon clair, très clair, dans lequel flotte un morceau de poulet, des tronçons d'épi de maïs et de banane plantain, une pomme de terre, une carotte, un morceau de manioc. Ce plat peut être délicieux, mais il semblerait que nos deux sœurs ne soient pas tout à fait des cordons-bleus. Tout en me concentrant pour finir poliment mon assiette (je n'y parviendrai pas), j'observe l'environnement tandis qu'à l'autre bout de la table, Tom bavarde avec les cousines qu'il avait rencontrées en 2007.

Sur le mur d'en face, un diplôme encadré surmonté d'une carte avec trois petits chats dans un panier de fleurs, un drapeau colombien glissé derrière un cadre; à droite, le calendrier du boucher côtoie un sac en plastique du centre médical par-dessus lequel est accroché un chapeau de paille bleu; à gauche, un autre chapeau de paille, typique de la côte caribéenne, avec de grands rebords pour se protéger du soleil; un peu plus loin, une représentation naïve d'une église, à demi masquée par un long ruban rouge vif punaisé: en dessous, un étrange bébé rose et tout nu semble planer en apesanteur dans une grande affiche en plastique un peu décatie.

Autour de la table, ça discute gaiement. D'abord surprise de ne pas susciter beaucoup de curiosité, j'ai finalement l'impression agréable d'être considérée comme un membre de la famille, et que ma présence n'est incongrue que de mon point de vue. Ces gens-là me sont absolument étrangers et pourtant la vie nous a liés malgré nous dans une intimité inédite, non identifiable. Une nouvelle occasion de m'interroger sur l'importance et le statut de la famille « biologique » dans la vie de Tom. Ces liens du sang ont beau être inscrits dans ses gènes, ils paraissent tout à coup purement théoriques. Ce sont des liens intimes et pourtant étrangers, des liens qui n'ont rien à dire et qui comptent beaucoup. Tom semble décidé à prendre les choses comme elles viennent et à apprécier l'accueil de cette famille au sein de laquelle il aurait pu grandir et qu'il adopte aujourd'hui comme elle l'adopte, des parents lointains et si proches. Comment identifier ce qui les unit ? L'inné ne fait pas le poids au regard de l'acquis, néanmoins les liens génétiques offrent bien le socle sur lequel de vrais liens, palpables, d'affection peuvent s'élaborer, qui permettent à Tom de trouver sa place d'être inclus dans cette famille au sein de laquelle il n'a pas grandi. Je ne te connais pas, mais tu es le fils de Gloria, alors sois le bienvenu. Tel est le sens de leur accueil.

Le repas est assez vite expédié, la table débarrassée. De concert, les deux sœurs s'empressent de sortir des albums de photographies. Berta porte un gros gilet en laine bleu ciel qui l'engonce un peu, Elvia, un sage pull bleu outremer à torsades, corsages col Claudine, toutes deux le cheveu dru, gris, coupé court. Toutes deux affichent une expression fermée derrière un sourire de façade que le regard froid contredit. Me voilà installée entre les deux, qui retrouvent le sourire pour commenter les photos, ne manquant pas une occasion de s'extasier sur leur frère, Jorge Bernardo, jeune prêtre qui porte beau, souriant et élégant. J'essaie d'orienter la conversation sur ses relations avec Gloria, mais à peine ai-je ouvert la bouche que Berta, qui devait être aux aguets, me dit, alors que je n'avais rien demandé, que Gloria était déjà enceinte quand elle est arrivée chez Jorge Bernardo. Cela ne prouve rien, mais passons, je n'insiste pas, le chapitre est clos. Toutes deux expriment beaucoup d'admiration pour leur frère, trop même pour être honnête. Quoi qu'elles en disent, ou plutôt qu'elles ne disent pas, il est à peu près acquis que le prêtre s'est lavé les mains de cette sale histoire, certainement bien content de la tournure des événements jusqu'à ce que « le fils que Gloria a donné à l'adoption » resurgisse en 2007, puis revienne en 2010. Les sœurs ont fait vœu de silence, c'est sûr, soucieuses de protéger leur frère, mais d'autres ont raconté. L'histoire de Tom a été un drame digne des Atrides qui a déchiré la famille. Après l'adoption, il n'en a plus été question jusqu'en 2007. On nous a raconté que Jorge Bernardo avait été tenu au courant dans les moindres détails, par ses deux sœurs, des va-et-vient, des réunions familiales et de tout ce qui a pu se passer ou se dire durant les séjours de Tom. Il aurait annulé un voyage prévu à Bogotá quand il a su que Tom s'y trouvait. Il paraît qu'il fait la loi auprès de ses sœurs. Il vient souvent à La Calera, où il aurait hérité une maison de ses parents mais il ne voit jamais personne. Il vit enfermé, occupé à la lecture. De tous côtés, les jugements critiques pleuvent sur son compte. Je sens les sœurs sur la défensive et je ris sous cape à leur pieux mensonge très précipité.

L'après-midi s'étire. Au fil des heures, l'ambiance se fait plus chaleureuse. Dans le brouhaha général, je discute avec une cousine très affable qui me confirme la véracité de l'histoire. D'après elle, tout le monde était plus ou moins au courant de la situation, en tout cas les proches, mais aujourd'hui, ajoute-t-elle, il vaut mieux ne pas chercher à fouiller les esprits car cela n'apporterait rien de plus que de la zizanie. Elle a sûrement raison, de son point de vue bien sûr.

Après une rafale de photographies, nous prenons congé affectueusement comme après un repas dominical en famille, ce qui me laisse une sensation indicible d'étrangeté, comme si nous sortions d'une parenthèse virtuelle pour reprendre pied dans le réel.

Le lendemain, nous allons à la fondation Los Pisingos. Tom garde un souvenir fort de sa visite, en 2007, quand il a découvert le visage de sa mère sur une photo, mais aussi les pouponnières, remplies de dizaines de berceaux identiques à celui qui l'avait accueilli vingt-deux ans plus tôt. Il s'était alors senti comme le grand frère de tous ces enfants qui jouaient autour de lui. Ce n'est qu'à son retour en France, en regardant des photos, qu'il a réalisé que la directrice qui l'avait reçu était la même, Rosa de Escobar, qui, en 1986, l'avait présenté à son père adoptif dans son grand salon.

Cette seconde visite en ma compagnie aurait dû être une nouvelle source d'émotion, mais les choses ne se passent pas comme prévu. Tom n'est pas dans son assiette. La tête ailleurs, mutique, il semble bizarrement pressé de partir. De retour chez Rosa, nous comprenons son attitude. Il est malade. 41° de fièvre, au bord de l'évanouissement. Heureusement qu'Henri, l'ami médecin d'Alveiro, est là pour nous aider et lui éviter l'hôpital. Je dois à tout prix l'empêcher de s'endormir. Il est affalé contre le mur de la salle de bains et je le sens s'amollir, partir ; un gant d'eau froide sur le visage, quelques claques pour qu'il ne sombre pas complètement. Tom a contracté la dengue lors de notre séjour sur la côte caribéenne, où nous n'avions pas eu connaissance de l'épidémie en cours. Cette méchante fièvre communiquée par un moustique peut être très dangereuse. Henri nous explique qu'elle devrait tomber le lendemain, mais qu'elle pourrait remonter dangereusement le jour suivant, juste au moment où nous serons dans l'avion de retour en France. Durant deux jours l'inquiétude ne fait que croître, et est à son comble durant le vol. Je lui tâte le front, les mains toutes les cinq minutes. Cet épisode aura la vertu de me faire oublier ma peur panique de l'avion. Tom a eu le dessus sur la dengue, mais il a gardé la crainte des moustiques tropicaux – avec raison, car un deuxième épisode pourrait être très grave. L'incident nous a beaucoup perturbés, si bien que nous nous souvenons à peine d'avoir pris congé de Rosa et de sa famille ni du trajet vers l'aéroport. Nous n'avions qu'une seule idée, rentrer à Paris le plus vite possible.

Malgré cette fin de séjour mouvementée Tom est heureux qu'on ait partagé ce voyage capital, qu'on ait engrangé des souvenirs communs. J'aime son pays depuis bien longtemps et il le sait. Je me raconte qu'il en est peut-être ému, mais je n'ose pas lui poser la question.

Questions sans réponse

Depuis son retour en France, quelques-uns des acteurs de son histoire sont décédés et il ne reste plus grand monde pour en témoigner. Alvaro, le gentil mari de Leonilde, est mort brutalement en 2007. Lors de son enterrement, l'un des frères de Gloria a confié à Rosa : « Le jour où j'ai vu Tomás, j'ai ressenti une telle douleur dans la poitrine en constatant combien il ressemble à Gloria et à moi que j'ai dû prendre des médicaments. » Tous les trois bâtis sur le même patron, même corpulence un peu massive. Entre l'oncle et le neveu, même expression et surtout, le plus surprenant, une manière identique de se tenir, au point qu'on pourrait presque prendre l'un pour l'autre. Une photo en atteste, que j'ai souvent interrogée sans parvenir à en décrypter tout ce qui y est tu.

À quelques mois de là, la grand-mère Evelia a perdu sa maison. Elle s'était portée caution pour quelqu'un qui avait fait un emprunt bancaire et s'est trouvé dans l'incapacité de rembourser ; la banque a tout simplement fait saisir la maison d'Evelia, qui s'est vue totalement démunie du jour au lendemain. Parallèlement, elle avait acheté des vaches dans la perspective de tirer bénéfice de leur revente – cela se fait beaucoup en Colombie – mais sûrement mal conseillée, non seulement elle n'en a obtenu aucun profit, mais elle a tout perdu. Puis elle est tombée gravement malade et décédée en 2009, après son mari, le frère du père biologique de Tomás, disparu en 2007, et sa fille Gloria, en 2008. Roddy qui s'est retrouvé tout seul, a disparu de la circulation. Il vivrait dans une petite commune sur la route de La Calera. À force de se montrer désagréable, il s'est isolé de toute la famille. Personne ne sait ce qu'il fait, s'il travaille, de quoi il vit. Aucune nouvelle. La tante paternelle de Gloria, qui l'avait secourue le soir où Evelia l'avait chassée de la maison, est décédée. Une autre sœur de Bernardo, Berta, qui nous a reçus à La Calera avec Elvia, décédera en 2019 sans jamais avoir reconnu la paternité de son frère.

On ne saura jamais si c'est Evelia qui a pensé à l'adoption ou Angelo, l'un de ses fils, comme certains le disent. Tomás et Rosa lui avaient rendu visite dans son magasin d'électronique sans savoir qu'il était sans doute à l'origine de l'adoption. C'était peut-être la moins mauvaise des solutions. Tom n'a jamais essayé de savoir à qui il devait cette décision. Des frères et sœurs de Gloria pourraient encore apporter des compléments d'information, mais à quoi bon ? Au fond, peu importe puisque le principal intéressé n'est pas demandeur. C'est moi qui suis la plus curieuse d'en apprendre toujours davantage, sans bien comprendre ce qui me motive. Les zones d'ombre ne manquent pas et c'est déjà le Graal d'en savoir autant. Mais je ne peux me résoudre à m'en contenter ; je ne suis jamais satisfaite, une question en amène une autre, encore et encore. Pourquoi Gloria a-t-elle été envoyée chez Jorge Bernardo, son oncle et prêtre ? A-t-elle été consentante ou contrainte ? Comment se sont passés sa grossesse, la naissance, le traitement du bébé pendant six mois ? Qui s'occupait de lui, qui lui parlait, le câlinait ?

La part manquante

Je cherche à reconstituer cette part manquante des quatorze premiers mois chaotiques fondateurs, un silence lourd de questionnements pour Tom bien plus que pour nous.

Un jour où l'on parlait de sa place dans la famille, il m'a fait lire quelques-unes de ses réflexions intimes. Cette preuve de confiance m'a infiniment touchée :

« Ma mère m'avait dit plusieurs fois que mon dossier d'adoption était à ma disposition mais c'est comme si je n'entendais pas. Je n'étais pas prêt. Ce n'est que vers 18 ans que j'ai eu envie d'en prendre connaissance. Je l'ai découvert avec ma mère. Je me rappelle, c'était au printemps, il faisait bon, nous nous sommes installés dans le jardin. Ma mère traduisait les passages en espagnol. Je me souviens avoir été impressionné par le dossier médical et l'état de santé dans lequel j'étais à mon arrivée à l'orphelinat. J'étais un bébé bien mal en point. Découvrir ce dossier avec ma mère était important pour moi. Je l'impliquais dans mon histoire, je voulais lui dire que je ne l'abandonnerai jamais [...] Depuis toujours, ma famille me suit à pas de velours, heureusement pour moi. Elle a toujours été présente, disponible, prête à m'aider à mettre des mots sur mes maux ; leur réconfort, leur soutien leur sincérité m'ont permis d'avancer. Je continuerai à être leur fils dans la recherche de mes origines. Ce n'est pas que mon histoire, c'est aussi la leur. [...] Longtemps, je leur ai fait payer de m'avoir voulu et d'être venus me chercher ; j'avais aussi besoin de leur faire partager mes souffrances. Je faisais toutes les bêtises possibles pour qu'on s'occupe de moi. Je mettais leur affection à l'épreuve pour vérifier qu'ils tenaient à moi. Ma soeur, elle, faisait tout bien. Nous avons eu de nombreux conflits. Je lui en voulais d'être de naissance biologique. »

Quand ils se disputaient, enfants, il terrorisait sa sœur en lui lançant des menaces ultimes : « *Je vais m'enfuir dans la nuit avec un cheval et je ne reviendrai jamais* », et il jubilait de la voir le supplier de n'en rien faire. Ou bien encore il lui assénait, solennel : « *Puisque c'est comme ça, je ne suis plus ton frère !* » – déclaration quelque peu radicale toujours d'actualité en période de crise, ce qui en dit long sur la complexité de leur relation. Malgré tout, il lui a toujours voué une affection profonde, insubmersible, et c'est réciproque.

Tout petit, Tom avait déclaré à plusieurs reprises qu'il voulait être dans mon ventre. Il avait dit aussi, à peu près à la même époque, vers 4 ou 5 ans, qu'il était certain qu'on allait l'abandonner. Une angoisse conjuratoire qui ne l'a jamais vraiment quitté et s'est cristallisée dans une terreur de toute forme de séparation, qui a longtemps peuplé ses nuits d'insomnies. Plus tard, dans un moment de colère, je n'ai pas échappé à l'inévitable « tu n'es pas ma mère », traduction : « prouve-moi que tu l'es ».

Outre le traumatisme de l'abandon, ne pas être de naissance biologique engendre une souffrance liée à la nécessité de connaître ses origines, ce qui, selon Tom, est loin d'être une garantie de résolution de tous les problèmes. Il a d'autant plus souffert de ne pas être notre enfant biologique que sa cadette l'est. De son point de vue, elle jouit d'un privilège exorbitant auquel il ne pourra jamais prétendre, et qui le renvoie à son infortune. Cette situation a parfois exacerbé un sentiment d'injustice. Ce risque de dégât collatéral nous avait complètement échappé – lors des démarches d'adoption, nous avions dit que nous souhaitions mener de front les deux projets, mais il n'y a eu personne, ni assistante sociale ni psychologue, pour nous mettre en garde. Sans le savoir, nous leur avons compliqué la vie, à l'un et à l'autre. Avoir une sœur biologique lui rappelle en permanence qu'il ne l'est pas. Avoir un frère adopté qui prend toute la place pour s'assurer des liens n'est pas une sinécure, mais la relation aurait-elle été plus simple avec un frère biologique ? Avec une sœur adoptée ? Rien ne permet de l'affirmer. Malgré les difficultés, ils se sont toujours considérés indéfectiblement frère et sœur, ni plus ni moins que d'autres, peut-être même plus. Les liens solides qui les unissent, leur complicité évidente, en surprennent et en attendrissent plus d'un.

Tom a longtemps été malheureux de ne pas nous ressembler physiquement, ce qui aurait été une preuve d'identité indubitable. Les rares fois où, trompé par une expression ou une attitude commune qui créait l'illusion de la filiation, un distrait commentait sa ressemblance avec nous, il en était perturbé, au point de se demander un quart de seconde si finalement ce n'était pas là la vérité. Cette remarque ordinaire, qu'on dit sans même y penser, prenait dans son esprit la forme d'un espoir fou qu'il savait néanmoins vain et qui au fond le blessait. Tout comme il était secrètement blessé chaque fois qu'on soulignait la ressemblance incontestable de sa sœur avec nous, avec sa grand-mère, sa cousine... sans pour autant lui en avoir jamais voulu.

Les échanges avec des adoptés et avec nous l'ont beaucoup aidé à se construire, à accepter de vivre avec des blessures indélébiles et à savoir qui il était, quelle place il occupait entre son pays d'origine et son pays d'adoption. Il a eu autant à cœur de tisser des liens avec la Colombie qu'avec sa famille biologique, ainsi que de soutenir des adoptés à travers l'association auprès de laquelle il a été longtemps très actif.

Du point de vue des parents, adopter suscite mille interrogations qui n'auraient probablement jamais été envisagées dans un contexte de filiation biologique exclusive. Notre expérience nous a appris que l'adoption est réciproque, quelle que soit la nature de la filiation, même si dans le cadre biologique cela passe généralement inaperçu. De manière plus évidente, les parents adoptifs sont aussi adoptés par l'enfant, ou pas. Tom s'est demandé si un enfant adopté pouvait refuser ses parents adoptifs. Une question pertinente quand on sait que les adoptants ont six mois pour se rétracter et rendre l'enfant à l'institution, ce qui arrive plus souvent qu'on le croit et illustre combien, malgré toutes les précautions prises au cours de l'enquête sociale, il est extrêmement difficile d'identifier la nature complexe du désir d'adoption pour les intéressés eux-mêmes. La période de six mois leur permet concrètement de mettre à l'épreuve ce désir. Toutes les mesures en place ont pour but de protéger au mieux l'enfant du nouveau traumatisme que serait une adoption défaillante.

Grâce à notre expérience simultanée de parents biologiques et adoptifs, nous avons eu l'occasion d'interroger les notions complexes d'instinct maternel et de filiation symbolique.

Les considérer sur le même plan, c'était poser une égalité entre nos enfants. Enfin, nous avons pu mesurer combien le lien parental est une construction commune qui implique toujours un processus d'adoption réciproque.

10 septembre 1986, Orly

Ce mercredi 10 septembre 1986, en débarquant à l'aéroport d'Orly-Sud à 19 h 15 par le vol Ibéria 652, Herson est né une seconde fois, et pour cette seconde vie, il a reçu le prénom de Tomás. Une photographie témoigne de notre première rencontre, qui m'émeut toujours trente-cinq ans plus tard. J'étais totalement décontenancée, si troublée que je n'osais même pas le toucher, encore moins le prendre dans mes bras, de crainte de l'effrayer. J'essayais d'imaginer le bouleversement radical qu'il devait vivre inconsciemment. Je ne savais pas comment l'aborder, comme on craint d'aggraver la douleur d'un blessé en croyant bien faire. Étant de nature assez pragmatique, j'ai finalement résolu de refouler ces sentiments qui me paralysaient et d'accueillir mon fils qui serait de retour d'un grand voyage en compagnie de son papa et de son papi. Nous avons ajouté dans son album de Colombie quelques instantanés émouvants. Ici, on le voit dans les bras de son père. Leurs deux regards convergent vers moi. Le père, visiblement ému, guette ma réaction ; Tomás, interdit, me fixe avec intensité, un petit bout de langue rose entre les dents. Il porte une salopette bleue, la mienne est rose et ample pour laisser de la place à Jane, que nous lui présenterons trois mois plus tard. Là, il se tient à peu près debout, maintenu fermement par son grand-père qui semble lui parler (en quelle langue ?) ; il me regarde attentivement, toujours son petit bout de langue rose entre les dents. D'une main je tiens la sienne et de l'autre le chariot à bagages.

Les principaux protagonistes, jusqu'à sa future petite sœur, sont réunis. Il ne sait pas encore qu'une vie nouvelle commence là, hall 3, aéroport d'Orly-Sud. S'il n'en a pas gardé le souvenir conscient, il a enregistré ce bagage dans la soute de sa mémoire. Depuis, il n'a jamais pu voir ce lieu anonyme de départs et d'arrivées avec les yeux d'un voyageur ordinaire : « Quand on est dans un aéroport, on ne pense pas que s'y jouent des scènes aussi importantes que la rencontre entre un enfant et ses parents adoptifs. À chaque fois que je voyage, je cherche malgré moi s'il n'y aurait pas quelque part une famille adoptive en train d'attendre l'arrivée de leur enfant. »

Dans notre petite cosmogonie portative[26], les aéroports sont indubitablement chargés de valeurs émotionnelles ajoutées, synonymes de voyages mais aussi d'exils, de renoncements, de promesses, d'ouverture sur le monde.

Ce 10 septembre 1986, un peu perdu dans le grand hall 3 d'Orly-Sud, Tomás ne sait pas encore que ce grand-père qui n'a pas hésité à traverser l'Océan pour lui restera pour toujours un papi superlatif, au-delà de la petite douzaine d'années qu'ils partageront, un ange protecteur si important que Tomás, non content de mener l'enquête sur ses origines colombiennes, s'embarquera avec moi pour la Turquie sur les traces de la famille orientale.

26 Emprunt à Raymond Queneau.

1492

« Tu sais, toi et moi nous avons les mêmes racines finalement. Tu vois mon Tomás, on est bien de la même famille, on vient tous les deux d'Espagne et on vit tous les deux en France. On est tous les deux d'ici et d'ailleurs, avec une langue des origines et une langue d'adoption en commun. » Ainsi disait mon père à son petit-fils, se référant à ses ancêtres Juifs séfarades expulsés de la péninsule Ibérique en 1492 et accueillis dans l'Empire ottoman.

Cette même année 1492, Christophe Colomb découvre l'Amérique[27]. L'acte de naissance de l'espagnol sud-américain correspond au début de l'exil des Juifs d'Espagne. Donc, oui, comme son grand-père, Tom peut dire que ses ancêtres étaient ibériques. Du grand-père né au Levant, au petit-fils né au Ponant, un peuple chassé et un peuple colonisé.

Mon père a vécu deux exils, celui fantasmé de 1492, et celui bien réel de 1924 (anagramme de 1492), quand la famille a dû précipitamment quitter la toute jeune Turquie pour la France, depuis longtemps objet de culte chez les Séfarades d'Orient. Tous connaissaient le français, appris dans les écoles françaises de l'Alliance israélite universelle, dont les instituteurs avaient suscité l'admiration. Tous réfugiés, ils recherchaient la sécurité des liens de la « tribu » dans un pays dont ils avaient tant rêvé. Comme tout peuple déraciné, ils ont connu ce sentiment de précarité propre aux familles qui ne plongent pas les racines de leur arbre généalogique dans une seule et même terre depuis des générations. Ils ont été la proie d'une inquiétude diffuse : perdre le peu qui constitue leur identité. Ils se sont employés à perpétuer leur mode de vie méditerranéen, avec, au cœur, un tenace sentiment d'exil, mais aucunement nostalgiques de la Turquie – trop de mauvais souvenirs. Mon père disait volontiers, et sans sourciller : « quand on a quitté l'Espagne en 1492 », comme si c'était hier et qu'il s'agissait de la famille, éludant tranquillement cinq siècles. Bien que nés en terre ottomane depuis des générations, les Séfarades[28] persistaient à revendiquer l'Andalousie comme terre de leurs ancêtres. Quand ils disaient « chez nous » on fait ceci ou cela, ils parlaient du terri-

[27] la Colombie doit son nom au Vénézuélien Simon Bolivar, en hommage au navigateur italien
[28] On trouve une occurrence du mot Sefarad dans la Bible qui désignerait la ville de Sardes en Asie Mineure, au cœur de la Turquie actuelle. Dans la langue hébraïque médiévale le mot désigne la Péninsule ibérique.

toire affectif du cercle familial et, au-delà, de la communauté séfarade de Turquie et, au-delà encore, de l'imaginaire collectif espagnol. À chaque exil, ils n'ont emporté dans leurs bagages, à l'abri au creux de leur mémoire, que la langue, la cuisine et la musique, ciments de toute culture.

Notre fils n'aurait-il pas connu lui aussi deux exils singuliers ? L'exil intérieur de l'abandon, l'exil géographique, les deux intimement liés, se confondant, se superposant. La Colombie, pays d'origine et la France, pays d'accueil. Tous deux, Tom et son grand-père, ont, inscrits dans leur ADN, le déracinement, l'intégration, le métissage des cultures, la double appartenance, la difficulté à résister à l'injonction inconsciente de faire un choix impossible parce que reniement d'une part d'eux-mêmes. En outre, son voyage à Bogotá a certainement marqué mon père au-delà de sa mission d'accompagnement. Il n'était jamais allé en Amérique du Sud et ce continent, où se sont installés quelques membres de la famille, a toujours joui à ses yeux d'une aura mythique. Plongé dans un bain hispanique, il a été secrètement heureux de renouer avec la langue espagnole des origines, et fier de montrer, en ces circonstances, l'utilité du judéo-espagnol. Il serait vraisemblable que la conjonction de toutes ces émotions ait présidé à la naissance d'un attachement profond envers son petit-fils. Symboliquement, mon père occupait ma place, il s'était substitué à moi. Cela aurait-il aussi joué un rôle ?

Quand son grand-père est décédé, Tom n'avait que 12 ans, et pourtant, il en garde des souvenirs d'une vivacité et d'une précision confondantes. Il l'idéalise certainement à la hauteur de la tendresse qu'il a reçue de lui, qui non seulement l'a rendu heureux mais a contribué à lui insuffler un puissant sentiment d'existence. La relation, très instinctive de part et d'autre, était, à peu de chose près, exclusive, sa sœur ne lui disputant pas la place. Il a consigné dans l'album de sa mémoire tous les moments passés avec lui comme autant de trésors inestimables et réconfortants. Petit, quand il le voyait arriver, son visage s'éclairait d'un seul coup, il éclatait de rire, se jetait dans ses bras et ne le lâchait plus, comme si sa présence lui était absolument nécessaire pour se sentir pleinement confiant, rassuré. Au panthéon de son cœur, il occupe une place à part, figure tutélaire, modèle admiré sans réserve, un troisième parent, dit-il parfois, presque sérieusement ! La prise de contact originelle, à Bogotá pourrait y être pour quelque chose. Tom ne l'exclut pas. Quand il s'est retrouvé avec pour seuls interlocuteurs son père et son grand-père adoptifs, son unique repère a été l'espagnol approximatif de mon père. Ce n'est pas rien. Leur relation était si fusionnelle que Tom s'est approprié certaines caractéristiques de son grand-père. Parfois, par exemple, pour son propre plaisir, juste pour lui-même, il s'amuse à imiter sa manière singulière de parler, légèrement chantante et accentuée, d'une voix très timbrée qui pèse ses mots. Une complicité secrète ininterrompue. Il verra même des ressemblances physiques entre son grand-père et son père biologique, ainsi la boucle est bouclée ! Cet émouvant désir inconscient de rapprocher les deux familles me touche plus que je ne pourrais le dire. Que son grand-père ait fait le voyage en Colombie pour venir le chercher l'émeut toujours et il s'attriste que la vie ne leur ait pas permis d'y retourner ensemble. Constamment à l'affût de signes qui resserreraient davantage leurs liens, il chérirait presque l'idée que tous deux, selon des modalités tout à fait différentes, ont souffert de l'absence d'un père ; Tom déclaré de père inconnu, son grand-père orphelin à 5 ans. Comme un talisman, il se remémore combien il était aux anges quand mon père évoquait leurs origines communes, et peu importe qu'elles remontent à plusieurs siècles, l'important étant qu'elles soient communes.

Tropismes

Il me plaît de penser que, par-delà les siècles, un bout de ma vie s'est écrit en Amérique latine. Quelques oncles et cousins ont quitté la Turquie au début du XXe siècle pour l'Argentine, attirés par une contrée dont la langue leur était familière. En 1492, le castillan a émigré à l'est vers l'Empire ottoman, à l'ouest vers l'Amérique. Aux extrémités du monde, dans des contextes radicalement différents, l'espagnol, transmis oralement, a pris des chemins distincts du castillan d'origine et s'est épanoui dans le terreau où il s'est ancré.

J'aime l'espagnol d'Amérique latine, à la musicalité proche du judéo-espagnol, langue maternelle de ma famille paternelle. J'ai hérité de mon père son amour du tango, expression de sa sensibilité, de son goût pour le pathos et la théâtralité. On dit qu'il y avait autrefois à Buenos Aires un quartier qui s'appelait Aydin, le nom de sa ville natale en Turquie. La famille exilée là-bas, effrayée par les dimensions extravagantes de l'Argentine, a vite gagné le petit Uruguay. Le tango se jouant volontiers de la frontière du rio Uruguay, les Uruguayens n'hésitent pas à s'en attribuer la paternité, tout comme la France dispute Carlos Gardel à l'Argentine. Quand mon père entendait un air de tango, il semblait ressentir la nostalgie d'un pays où il n'était jamais allé. Une nostalgie inconsciente des origines ? Il n'a jamais rien dit à ce sujet et j'ignore s'il ne s'est jamais demandé d'où lui venait ce tropisme. Comme je ne me suis jamais demandé ce qui m'avait irrépressiblement poussée vers le Mexique à 18 ans.

J'ai arpenté ce pays, fait du stop avec une copine et une belle inconscience, séjourné chez un prêtre socialiste, bu les paroles d'Ivan Illich[29] à Cuernavaca. Je me passionnais pour les civilisations précolombiennes au point de me rêver archéologue, ou anthropologue et déclarais à qui voulait l'entendre qu'en posant le pied sur le sol mexicain j'avais eu l'impression de rentrer à la maison. Je rêvais même de m'y installer. J'étais victime d'une insolite exaltation sud-américaine qui m'a conduite en Colombie, en

[29] *Un homme considérable : un temps prêtre polyglotte et pamphlétaire, ce penseur autrichien (1926-2002) fut, dans les années 1970, un pionnier de l'écologie politique, critique de la société industrielle, promoteur d'une société sans école et de la mutualisation des savoirs.*

Équateur, au Pérou, à Porto Rico, et encore plus tard à Cuba. À l'époque, j'étais incollable sur les civilisations maya, inca.

Mes liens étaient tels avec l'Amérique du Sud que j'ai considéré naturel d'y trouver un fils.

L'incroyable tissage de notre toile familiale, aux nœuds serrés comme ceux d'un tapis d'Orient, entre mon père, mon fils et moi me surprend toujours. Le père et la sœur de Tom auraient pu se sentir exclus de ce maillage intime, mais ils ont tissé d'autres motifs qui enrichissent le bel ouvrage. Jane est très heureuse de ce frère « venu d'ailleurs » qui a fait entrer un peu de Colombie dans la maison. Il arrive souvent que, comme à moi autrefois, on lui demande d'où elle vient, dans quelle contrée exotique elle est assurément née. Grande fille très brune aux yeux très bleus et à la peau plutôt mate, son physique intrigue souvent et elle avoue en ressentir un certain plaisir. On lui prête des origines italiennes, iraniennes, de toute façon méditerranéennes. Sans les revendiquer particulièrement, elle se réjouit de son ascendance judéo-turque et des singularités de notre histoire.

Allez savoir pourquoi, Jane a voyagé en Argentine… Et en Turquie.

De Colombie en Turquie

De retour de Colombie, en 2010, j'ai repris la révision du livre de souvenirs de mon père, *La Mare aux tortues*[30], entamée quelques mois plus tôt. Mon état d'esprit avait changé. L'air de rien, le séjour en Colombie continuait à me travailler de l'intérieur instaurant des liens inédits avec la Turquie. Tout à coup, ces deux pays n'avaient jamais été aussi proches, au point de fusionner pour constituer un territoire imaginaire d'un troisième type, le type « turcolomb ». L'expérience colombienne avait réactivé mon désir de Turquie. Il fallait absolument que j'aille enfin fouler ce sol des origines. Je suis partie en octobre 2010. De ce premier voyage en Turquie, il me reste surtout le souvenir, toujours vif, de l'émotion ressentie en posant le pied à Istanbul, sur la terre ottomane qui a accueilli mes ancêtres cinq siècles plus tôt, de mon émerveillement devant cette ville magnifique, à mi-chemin entre Asie et Europe, qui vous ensorcelle dans les plis de ses beautés et de ses contradictions. Istanbul, la « Sublime porte »[31], était une entrée en matière, une étape vers Izmir l'Anatolienne.

J'avais construit une vraie mythologie autour de cette ville sans bien savoir ce que je venais y chercher et cette incertitude m'avait laissée étrangère et déçue au seuil d'Izmir, autrefois appelée Smyrne l'infidèle[32], que je ne parvenais pas encore à déchiffrer. J'ai pensé à Tom, débarquant seul à Bogotá, à 22 ans, en quête de sa famille biologique et je me suis demandé ce qu'il avait pu ressentir alors, à l'orée de son odyssée. Nous avions en partage la même inquiétude de rentrer bredouilles, déçus – toutes proportions gardées bien sûr au vu des enjeux incomparables.

Il a fallu que je revienne deux fois sur les lieux pour peu à peu entrer en dialogue avec eux. À chaque voyage, je mets mes pas dans mes pas, je passe et repasse dans les mêmes quartiers. À quelques variantes près, la perspective est toujours la même, effacer la distance temporelle, insuffler de la vie aux mots et aux images trop muettes enfermées entre les pages du livre.

Tom a été de ces deux voyages. De Colombie en Turquie, c'était la même aventure qui continuait et ce faisant, il nouait les fils

[30] *Maurice Deunailles,* La Mare aux tortues, *L'Harmattan, 2013.*

[31] *Selon l'historien Robert Mantran, le mot turc* kapı *désigne une porte, mais aussi le palais du sultan (d'où parfois l'expression « porte ottomane »), puis le palais du grand vizir et enfin le siège du gouvernement. […] À partir de 1654, le grand vizir fut doté d'un palais particulier où se tinrent les séances du divan ou Conseil du gouvernement ; ce palais fut d'abord appelé* Pasa kapisi *(palais du Pacha), puis* Bab-i Âli, *la « Sublime Porte », nom sous lequel les Occidentaux ont englobé à la fois le palais du sultan, la cour ottomane, le gouvernement et finalement l'État ottoman lui-même.*

[32] *Ce qualificatif a été attribué à la ville dès le XVIIe siècle par les Turcs parce que les minorités juive, grecque, arménienne et levantine y étaient majoritaires. La ville était tout entière tournée vers l'Occident, essentiellement la France et l'Angleterre. On l'appelait aussi le « petit Paris de l'Orient » la vie intellectuelle et commerciale y était intense et de nombreux voyageurs occidentaux venaient la visiter.*

de ses deux vies. Neuf mois à peine après le retour de Colombie, en 2010, nous nous envolions tous les deux pour la Turquie.

Nous voilà donc, au printemps 2011, mère et fils, fille et petit-fils, tout juste débarqués sur la terre natale de mon père. Je suis touchée que Tom ait eu envie de m'accompagner. La recherche des origines c'est son rayon. Lors du voyage en Colombie, Tom était l'acteur principal et moi l'actrice de second plan ; formellement, en Turquie les rôles vont s'inverser. Cependant, bien qu'à l'arrière-plan dans le cadrage, il n'en sera pas moins partie prenante autant que moi. Mais cette fois, c'est moi le guide.

Avant de rallier Izmir, nous nous offrons trois jours de tourisme à Istanbul. Tom tombe sous le charme de cette ville grouillante, tourbillonnante et colorée, qui respire au rythme régulier des obsédants appels à la prière psalmodiés par les muezzins. Le port naturel de la Corne d'or, ancien siège de Byzance, le Bosphore généreux, écrasé de lumière, exposent sans complexe leur beauté naturelle des rues à la ronde ; l'effervescence règne à toute heure dans le labyrinthe du Grand bazar, les mosquées rivalisent de splendeurs, tandis qu'à deux pas, certains quartiers obscurs, auxquels tant de richesse fait injure avec une arrogance indécente, croupissent dans la misère. Istanbul, qui s'alimente de ces contrastes violents, est un préambule de choix à notre voyage. Parfois douce et même familière, la ville s'avère brusquement inattendue, opaque, menaçante. L'ancien quartier juif au nord semble inanimé. Il y a un siècle ou deux, la famille y a probablement vécu avant de s'installer en Anatolie.

Tom connaît bien notre saga orientale. Il faut dire que j'ai fait profiter mon entourage de mon travail obsessionnel sur *La Mare aux tortues*, qui est aujourd'hui mon fil d'Ariane, ma pierre de Rosette, le déclencheur de cette nouvelle aventure. Si mon père n'avait pas pris la plume pour raconter sa vie, nous ne serions pas dans ce pays étranger qui me devient insensiblement plus familier, décidés à donner corps au passé, à ouvrir une fenêtre sur cet Orient de mes ancêtres dont je n'ai pas su grand-chose pendant longtemps et qui pourtant m'habite depuis toujours.

Gratin savoyard et tarama

Jusque-là, je n'avais jamais montré le moindre intérêt pour l'histoire familiale. La famille, c'était la famille. Dans l'adolescence, elle était plutôt à fuir qu'à fréquenter : une seule idée, échapper à l'emprise parentale et aux barbantes réunions, souvent à l'occasion des fêtes religieuses. On ne parlait pas religion à la maison mais on célébrait *Kippour* et *Pessah* chez ma tante paternelle. Bien qu'il eût été assuré à la cantonade qu'on ferait, comme d'habitude, une version light, pour la forme, cela s'éterniserait des heures dans un brouhaha chaleureux où l'on parlait un sabir de français et de *ladino* (judéo-espagnol) farci de « r » bien roulés avec moult gestes à l'appui ; le ton était théâtral et le verbe haut.

Dîners rasoirs qui commençaient par les inévitables et interminables rituels religieux alors que, morts de faim, les enfants guignaient plus l'œuf dur et le *charope* (sirop de sucre) que les herbes amères et les *Matzoth*[33] disposés sur le plateau d'argent à côté de la branche de céleri et de l'eau salée, objets du culte célébrant la sortie d'Égypte, qui n'avaient pas vocation à caler une fringale grandissante. Je ne couperais pas aux prières dans une langue incompréhensible (l'hébreu), ni au passage du plateau de main en main pour accomplir le rituel en se servant des aliments dont seule la valeur nourrissante m'intéressait et dont je ne savais rien de la valeur symbolique puisqu'élevée dans l'ignorance du fait religieux, notion qui, « chez nous », prenait un sens spécial.

Pas d'éducation religieuse, mais un respect des traditions… religieuses, ciment d'une culture où se mêlent à égalité prières, cuisine, entretien des liens familiaux, disputes, blagues juives, etc. La réaffirmation régulière et nécessaire qu'on est bien tous ensemble, unis contre un hypothétique, et nonobstant plausible, retour de la barbarie – car on ne sait jamais, « ça peut recommencer » – était un paramètre fondamental qui a bercé mon enfance. Il était urgent d'y échapper pour éviter la sinistre contagion, comme il était urgent d'échapper à l'autorité du père, aux principes glacés de la mère, aux incantations effrayantes de l'oncle en prière et aux manigances sournoises de la tante en vue d'ourdir un mariage avec

[33] *Pain azyme*

un de « chez nous ». Ce « chez nous » qui, à l'époque de mes seize ans, sonnait comme une menace d'enfermement, évoque, quelques décennies plus tard, une patrie perdue. Comme s'il m'avait fallu attendre de perdre mon père et, à sa suite, les oncles et tantes, tous nos raconteurs d'histoires disparus – qui m'insupportaient autrefois et me manquent tant aujourd'hui – pour me retourner et comprendre que mon histoire personnelle est porteuse d'une histoire collective en voie d'extinction qui trouve sa source bien au-delà des périphériques.

Je ne peux pas faire comme si je n'étais pas née d'un mariage mixte entre une Savoyarde blonde et catholique, et un immigré judéo-espagnol de Turquie. J'ai mis longtemps à comprendre que ce mélange explosif était source de richesses, d'interrogations, de complexités fécondes et de quête d'identité chronique. Je suis autant gratin savoyard que tarama. Mon identité, en partie nourrie de purs fantasmes et de pur imaginaire, plonge ses racines dans les terres paysannes du Dauphiné et, au-delà des mers, dans les obscures contrées hispano-anatoliennes, quelque part entre Aydin en Turquie et Pugny-Châtenod en Savoie, entre le catholicisme de ma famille maternelle perlée de curés et de bonnes sœurs et le judaïsme paternel qui est bien plus qu'une religion, mais quoi de plus au juste ?

Un petit bâtiment jaune

Dans le taxi qui nous conduit à l'hôtel, nous restons silencieux, le nez collé à la vitre, confusément chamboulés, encore étonnés de se voir là, pour de vrai, ensemble. Après la traversée des quartiers modernes, que nous ignorons sans scrupule, nous arrivons dans la vieille ville, ou ce qu'il en reste ; je retrouve avec émotion la rade d'Izmir à l'harmonie parfaite et ce banal petit bâtiment jaune sur le ponton, le bureau des passeports, qui m'attire irrésistiblement. Sitôt installés à l'hôtel, nous filons vers la mer.

Attablés à une terrasse devant les eaux calmes de la mer Égée, nous goûtons l'instant. J'ai une pensée pour ce roi athénien qui, de désespoir, se jeta dans la mer pour avoir cru son fils Thésée mort lors de son combat contre le Minotaure en Crète. En souvenir de son destin tragique, on donna son nom à la mer qui fut son cercueil. Tom, passionné de mythologie grecque, connaît bien cet épisode. Le suicide du malheureux roi Égée, un signe du destin, un oracle mystérieux annonçant les conflits gréco-turcs. Dans le secret des abysses, le corps du roi mythique aux côtés des dépouilles des Grecs jetés à la mer par les Turcs en 1922 tandis que la ville luttait contre un incendie criminel allumé par les sbires de Mustafa Kemal Pacha, futur Atatürk[34]. Épilogue sanglant de l'histoire de l'Empire ottoman et de destins brisés par la mort ou l'exil.

C'est là, à cet endroit précis, devant le joli petit édifice jaune et suranné du bureau des passeports, bâtiment d'embarquement des émigrés, qu'en 1924, ma grand-mère et ses enfants sont montés à bord du *Pierre Loti* pour gagner la France.

[34] Un surnom qui lui fut donné par le Parlement en 1934 en hommage à son œuvre politique et signifie « le père des Turcs » (« ata » en turc signifie « ancêtre »). Après une éclatante victoire militaire en 1921, la grande assemblée nationale lui donne le titre de « El gazi », « le victorieux ».

Voyageurs sans bagages, 1924[35]

En avril 1924 je quitte définitivement la Turquie. Une nouvelle vie s'annonce qui commence par un voyage en mer de huit jours sur le bateau le *Pierre Loti*. Je laisse derrière moi mon enfance, jusqu'à ma date de naissance ; celle qui figure sur mon passeport a été inventée dans l'urgence du départ pour obtenir nos visas au plus vite. Mon avenir est désormais en France. Le bruit des machines annonce le départ du bateau. Sur les ponts, les passagers pressent le pas, les marins s'affairent vivement. Sur les passerelles, les derniers arrivés font des signes d'adieu au canot qui les a conduits, on hisse les bagages. Tintements de cloches et hurlements des sirènes se mêlent aux divers ordres de manœuvres. La joie est sur tous les visages. Ma mère se tient un peu en retrait, les bras croisés sur le ventre, la tête légèrement penchée. Dans son regard inquiet, je lis sa peine. Devant la belle et grande baie de Smyrne, elle cache son émotion. Partir vers l'inconnu, quitter subitement son pays et tout ce qui fut sa vie, abandonner les tombes de ses parents, de son mari, de ses beaux-parents, sans personne pour veiller sur elles, est une épreuve qu'elle a voulue pour ses enfants, pour leur avenir, mais c'est une rupture brutale et douloureuse. Les uns après les autres, les membres de la famille sont partis. Il restera à Smyrne quelques cousins plus ou moins éloignés dont la plupart rejoindront à leur tour la France.

Dans un roulement infernal de chaînes, on lève l'ancre. Plongée dans ses pensées, ma mère tressaille. Elle sait que je suis derrière elle, elle se retourne pour me tendre la main, esquisse un sourire, émue. Moi je vis une aventure extraordinaire, ce grand bateau, cette atmosphère d'excitation et de joie, et puis partir pour la France. Le navire glisse doucement et se tourne vers la haute mer. Des voiliers, des canots nous escortent, on nous salue avec de grands gestes, des cris, des souhaits de bon voyage. Ma mère me tient par les épaules devant elle. Un sourire éclaire son visage.

Je ne veux plus regarder la Turquie s'éloigner, le paysage magnifique hérissé de minarets qui s'étire de colline en colline me rend soudain mélancolique. Le merveilleux golfe de Smyrne

[35] *Maurice Deunailles, extrait de* La Mare aux tortues, *L'Harmattan, 2013.*

s'efface dans le lointain, noyé dans une douce brume. La baie disparaît et laisse la place à l'infini. Les vagues frappent la quille avec rage. Échevelée par le vent du large, ma mère ramène son écharpe sur sa tête. Pressant le pas nous descendons vers la cale. Nous voyageons en dernière classe, lit contre lit qu'il faut enjamber pour gagner l'allée centrale. Les conditions sont rendues pénibles par le manque de sanitaire et d'hygiène, une promiscuité très gênante. Les gens partagent sur leur lit les provisions apportées pour huit jours de traversée. Le départ a été plus rapide que prévu à cause de l'obtention précipitée des papiers. Nous avons eu la chance de bénéficier d'une recommandation pour obtenir des passeports avec un visa touristique à durée très limitée. À échéance, il aurait fallu retourner en Turquie ou acquitter une taxe à l'ambassade turque à Paris. Ni l'un ni l'autre ne seront faits et c'est ainsi que nous perdrons notre nationalité turque pour devenir « de nationalité indéterminée, d'origine turque », après avoir été « turcs d'origine espagnole ».

Je pars sans regret. Mon enfance a été très marquée par la mort de mon père, puis par celle de ma grand-mère que j'adorais et qui me comblait de tendresse, et par la guerre gréco-turque. Seule la perspective de la France m'occupe et me réjouit. Je dois en partie cette admiration sans bornes pour la France aux frères chrétiens de l'école Saint-Joseph. C'est pour moi un grand pays de liberté, exemplaire pour le monde entier. À l'école, j'aimais surtout mes livres de géographie où je découvrais le blé de la Beauce, les vins de Bordeaux, les soieries de Lyon, les châteaux de la Loire, la tour Eiffel, le Paris de la mode et du luxe, autant de mots que mon imagination parait de prestige. Je partais vers la France avec un enthousiasme que les frères avaient contribué à nourrir.

Sur le pont du bateau, je n'arrête pas de chanter « La Marseillaise » et « Il était un petit navire », surtout sur le passage des marins français... Je m'amuse à marcher sur mon ombre. La mer scintillante m'émerveille. Mon enfance fond au soleil de l'Occident. Confusément, je comprends que le vent a tourné, que mes amarres se rompent. Comme pour tourner le dos à la faim et à la guerre, nous avons, ma mère et moi, quitté l'arrière du bateau, abandonné le passé, le cœur serré mais sans regret. L'avenir est ailleurs. Le drapeau bleu blanc rouge flotte au vent du large, gonflé de nos espoirs. Après huit jours en mer pleins d'incidents, nous débarquons à Marseille, débordants de curiosité et de joie.

Ma vie séfarade[36]

Des senteurs de cannelle aux roses de Bagatelle,
De l'andalou en bagage au *turçe konuş*[37] de Kemal[38],
Du *djudezmo*[39] à la langue de Molière,
Des *cantigas*[40] à la mémoire de la Shoah[41],
De l'appel du muezzin[42] aux échos du chofar[43],
Du raki[44] et mezzés[45] au beaujolais nouveau,
De l'errance ancestrale à l'enfance immortelle,
En quatre fois vingt ans, jusqu'à l'orée de ma nuit,
D'un métissage de cultures je suis le fruit.
Des senteurs de cannelle aux roses de Bagatelle,
Au carrefour de l'Orient et de l'Occident,
Riche de rencontres, de hasards et de chances,
J'ai sollicité ma mémoire, traqué mes souvenirs.
De Moïse Lévi à Maurice Deunailles,
De *la balsa de las tortugas* au temple de Versailles,
J'ai rassemblé les fils multiples de ma vie séfarade[46].

[36] *Poème de Maurice Deunailles en exergue à* La Mare aux tortues.
[37] Türkçe konuş *: « parle turc », slogan pour inciter la population à ne parler que le turc. Après 1923, Atatürk a interdit tout autre langue en public.*
[38] *Mustafa Kemal Atatürk, président de la première république turque.*
[39] *La langue judéo-espagnole des Séfarades d'Orient* (djudio *: « juif »).*
[40] *Chansons, romances andalouses, parfois imprégnées de judéo-espagnol.*
[41] *« Catastrophe » en hébreu, désigne l'extermination des Juifs par les nazis.*
[42] *Religieux chargé d'appeler aux prières quotidiennes du haut du minaret.*
[43] *Corne de bélier que l'on sonne pour annoncer la fin du jeûne de Kippour (jour de grand pardon et d'expiation).*
[44] *Boisson alcoolisée spécifiquement turque à base d'anis.*
[45] *Amuse-gueule servis avec le raki ou hors-d'œuvre variés.*
[46] *De Sefarad, Espagne en hébreu. Dans le Talmud, Espagne est nommée* Ispamiah. *À partir du haut Moyen Âge on identifie les deux ensembles Sefarad-Espagne/Achkenaz-Rhénanie, correspondant aux Juifs du bassin méditerranéen et à ceux d'Europe du Nord, les uns parlant le judéo-espagnol et les autres le judéo-allemand* (yiddish).

Géographie intime

En accomplissant le voyage de retour au pays que mon père n'a jamais voulu entreprendre[47], nous nous acquittons d'une promesse secrète. Sous nos airs de touristes ordinaires, nous cachons bien notre jeu. Pour nous mettre au diapason des coutumes locales, nous commandons un thé, cette boisson nationale qui a supplanté le célèbre café turc d'autrefois, devenu trop cher. Il est servi dans de petits verres en forme de tulipe[48] transportés en terrasse dans des récipients fermés, en fer-blanc ou en cuivre, qui le tiennent au chaud. Comme en Russie, on le prépare dans une sorte de samovar : deux théières superposées en fer, une grande dans laquelle l'eau bout, une petite assise sur la grande, pleine de thé concentré. Elles chauffent toute la journée et ainsi on a du thé à disposition à toute heure. Dans un petit verre, on dilue un peu de thé concentré dans l'eau chaude. Les Turcs en boivent du matin au soir sur leur lieu de travail, au café ou sur un bord de trottoir en jouant aux dominos ou au jacquet[49]. Nous suivons justement une partie de jacquet acharnée entre deux joueurs, qui eux sirotent un raki. Tom n'a pas oublié combien son grand-père aimait y jouer. Il a encore dans l'oreille le son des palets qu'il claquait fort sur le plateau quand il gagnait, avec une exclamation de satisfaction. Entre deux gorgées de raki et un cornichon, il commentait les coups en *ladino* ou en français et comptait les points en turc[50]. Un souvenir parfaitement intact : « Encore aujourd'hui, quand il m'arrive de boire un raki accompagné de cornichons Malossol[51], je suis papi », me dit Tom en éclatant de rire devant mon air éberlué tandis que nous rejoignons l'embarcadère pour prendre le bateau à destination de Karşiyaka, faubourg situé de l'autre côté de la rade, anciennement Cordelio, où, au début du XXe siècle, on allait en villégiature pique-niquer et prendre des bains de mer. En charrette tirée par des bœufs, le voyage était long, chaotique et poussiéreux. C'était pourtant une sortie populaire, attendue et appréciée, une échappée tranquille pour s'évader d'un quotidien âpre. Aujourd'hui, on va en voiture ou en bateau dans cette bourgade devenue une banlieue chic de résidences secondaires. Il reste des

[47] *Il est pourtant allé à Kuşadası, près d'Éphèse, à 30 km d'Aydin et à 90 km d'Izmir. Retrouver le pays de son enfance, mais de loin.*
[48] *La tulipe est ottomane et non hollandaise comme on le croit ! C'est un marchand ottoman qui l'aurait apportée dans ses bagages aux Pays-Bas au XVIe siècle. La tulipe a une place importante dans la culture islamique. Le mot turc* laleh *renferme les lettres composant le nom d'Allah. Il serait l'anagramme de Dieu. Les mêmes lettres forment le mot* hilal *(lune, cf. le croissant de lune figurant sur le drapeau national). Le turban turc a la forme d'une tulipe, motif majeur de l'art islamique.*
[49] *Le jacquet (*Izmir tavla*, ou* tavla*, en turc, du nom du matériel de jeu) est une sorte de backgammon très populaire que la famille a apporté dans ses bagages. Comme en Turquie, seuls les hommes y jouent en buvant plutôt du raki que du thé.*
[50] *Il comptait en perse, dont est issu le turc, mais ne le savait pas.*
[51] *Les coutumes alimentaires voyagent. Le cornichon* Malossol *est d'origine slave, très présent en Russie et en Pologne, dans la culture juive ashkénaze issue d'Europe de l'Est.* Malossol *signifie « peu salé ».*

temps anciens le Sporting club, les pontons en bois, le café Cordelio.

Nous voyageons en compagnie d'un groupe d'amis, tous originaires de Smyrne. Tom s'est pris d'amitié pour l'un d'eux, un vieux monsieur souriant dont l'accent chantant qui roule familièrement les « r » lui évoque celui de son grand-père. Les deux compères sont intarissables, d'autant que le vieil homme a exercé la même profession que Tom, éducateur spécialisé – un métier social vecteur de résilience probablement pour les deux à des degrés différents.

Nous retrouvons l'esprit chaleureux de la tribu chez Stami, une cousine turque dont j'avais fait la connaissance peu de temps auparavant. Je l'avais appelée sur les conseils d'une amie car je cherchais des contacts à Izmir dans la communauté juive. Au fil d'associations successives, nous avons compris que nous étions parentes. Dans un éclat de rire, elle s'était exclamée, surprise : « mais nous sommes cousines ! ». À 80 ans, faire la connaissance d'une nouvelle parente, même par alliance, l'avait amusée et réjouie. J'en avais été touchée. S'il en avait été besoin, j'avais cette fois la preuve concrète et vivante de mes liens avec la Turquie.

Ravie de recevoir la petite bande, elle nous régale de mets délicieux dont le seul parfum me ramène aux dîners de mon enfance quand, à peine arrivée sur le palier de l'appartement de ma tante, j'étais assiégée par une myriade d'effluves puissants. L'odeur entêtante des poireaux frits le disputait à celle des *börekas*[52] et des *boyos*[53], au doux parfum de l'eau de rose ou de la fleur d'oranger des *muhallabis* (entremets au riz très turcs qui se sont invités sur notre table). Cette cuisine goûteuse qui rassemble indifféremment des recettes espagnoles, grecques et turques est devenue en France une tradition de premier rang. Presque exclusivement orientale, elle n'a pas gardé grand-chose de la cuisine ibérique quoiqu'en disent souvent les cuisinières séfarades, convaincues des origines espagnoles de ces nombreux plats aux noms « hispanisés » selon l'éternel même tropisme. Nos enfants y sont attachés tout autant qu'aux spécialités savoyardes. Tom pourrait y ajouter les *bimuelos*[54], les *arepas* colombiennes ou les

[52] Börekas, *chaussons à la viande, aux légumes ou au fromage.*

[53] *Héritage des Juifs séfarades, on mange des* boyoz *à Izmir, vendus dans les boulangeries à Alsançak ; feuilletés en forme d'escargot, ils sont farcis aux épinards ou artichauts, ou au fromage et* tahini *(crème de sésame).*

[54] *Beignets à l'anis,* buñuelos *en Amérique latine où ils ont, paraît-il, émigré dans les bagages séfarades. Dessert de Noël traditionnel qu'on trouve aussi dans la cuisine d'Afrique du Nord.*

empanadas qui ressemblent tellement à nos *börekas*. Retrouver ces plats à Izmir, dans un cadre familial, c'est pour nous deux renouer avec les dîners d'enfance, chaleureux, bruyants, hauts en couleur. Sur notre table gourmande, les saveurs du monde nous parlent d'origines, de liens, de transmission, de la joie du partage et du plaisir d'être ensemble.

Jour après jour, nous arpentons Izmir inlassablement ; rêverie mélancolique devant la baie sublime de beauté, flâneries des heures durant sur le *kordon* (le quai), du côté d'Alsançak, le plus vieux quartier de la ville, ou de Karataş, le quartier juif bourgeois, curieux du moindre signe subsistant de l'ancienne Smyrne que je ne connais que par quelques gravures et de vieilles photos. À l'affût du temps passé, je récolte du vent, de l'impalpable, de l'émotion, des sensations, des images fugitives. Visiter la synagogue Aydinli (« ceux d'Aydin ») ou Algazi (le nom de ma grand-mère), c'est imaginer que « les nôtres » ont pu se tenir en ces mêmes lieux désormais clos, depuis toujours précautionneusement dissimulés derrière des façades anonymes. Je m'évertue à imaginer les heures tragiques de la guerre gréco-turque (1919-1922) qui entraînèrent la dissolution de l'Empire ottoman et l'émigration des minorités. Mon père vouait une grande admiration à Atatürk qui, en une poignée d'années, a créé à marche forcée une République à l'image de la France, modèle absolu. Fini les provinces autonomes, les communautés indépendantes grecque, arménienne, juive, levantine. Tous étaient accueillis au sein de la nouvelle Turquie pourvu qu'ils en adoptent la nationalité et la langue sans délai. Pour beaucoup, le changement était trop violent. Certains Juifs sont restés[55], d'autres sont partis, en France pour la plupart (pour des raisons historiques, ils parlaient tous le français), d'autres en Argentine, d'autres encore en Palestine, qui a longtemps fait partie de l'Empire ottoman. Les Grecs, occupants très indésirables, ont été priés de rentrer chez eux (parfois à la nage !), de même que les Arméniens ont été plus ou moins chassés, définitivement indésirés.

[55] *En 1918 ils étaient 150 000 dans toute la Turquie, en 1935 ils ne seront plus que 78 000. Aujourd'hui, 26 000. En 1922, ils étaient 55 000 à Izmir, en 1948 ils ne sont plus que 3 000.*

Quand, en 1924, mon père a quitté la Turquie de son enfance, il avait douze ans. Sa future femme venait de voir le jour quelque part en Savoie. Mais c'est une autre histoire.

Faire parler les pierres

Notre séjour sur le rivage égéen tient du pèlerinage, de la quête des origines, pour moi comme pour Tom, ravis de nos enquêtes pourtant souvent décevantes car insuffisamment documentées, et sans grand espoir de l'être davantage. Il a l'impression étrange et agréable de tourner dans un vieux film habité par des images qui auraient survécu à cet autrefois si lointain.

Se repérer sur un plan de la ville relève du jeu de piste car Atatürk a changé les noms ottomans des rues pour des noms turcs dans le meilleur des cas, dans le pire, des numéros, passant à la trappe toute poésie onomastique (la rue des Roses de l'école des frères chrétiens où mon père étudiait a cédé la place à la rue 1544). Identifier la rue où la famille a vécu, dans le quartier juif, au nord du bazar, au pied du quartier turc juché sur la colline, au-delà du quartier arménien situé plus bas vers la mer, c'est tenter de réactiver le quotidien du début du XXe siècle. Aujourd'hui encore, Tom se souvient des heures passées à tourner dans le même quartier, à explorer le même périmètre dans ses moindres détails, à imaginer des indices inexistants pour identifier la rue où vivait la famille. Il ne s'impatiente jamais et y prend même plaisir. La situation entre en résonance avec les investigations colombiennes menées par Rosa pour identifier le domicile de Gloria.

Nous consultons de très anciens plans ottomans pour nous guider mais c'est finalement le petit musée de l'ancien commissariat du quartier qui nous renseigne. Au-dessus de la porte, toujours close, on lit « commissariat Keçeciler », le nom de la rue que nous cherchons. Les horaires affichés sont pure fiction. Dix fois nous nous cassons le nez, jusqu'au jour où nous le trouvons enfin ouvert. À l'entrée, un grand panneau raconte l'histoire du quartier et une salle complète est consacrée au commissaire Chikurel, personnage très célèbre, un peu voyou, l'un des rares Juifs à avoir été nommés à un poste de fonctionnaire. Cet homme, qui a été l'objet d'une mythologie nationale plus ou moins sulfureuse, est le grand-père de ma cousine Stami et fait figure de héros familial. À plusieurs reprises, il a secouru les miens. Il les a sauvés de l'incendie qui embrasa Aydin en 1919, durant la guerre gréco-turque. Il est intervenu auprès de la police pour faire libérer ma grand-mère, arrêtée pour vente illicite de cigarettes sur le pas de sa porte – elle ignorait que c'était interdit et espérait ainsi gagner trois sous pour améliorer l'ordinaire de ses enfants. Il a accompli les démarches nécessaires à leur émigration en France en 1924. Et c'est aujourd'hui grâce à son commissariat que nous identifions l'ancienne rue Keçeciler avec certitude, dans ce quartier où l'on ne trouve plus aucune trace de la vie d'antan, excepté un ultime *cortijo*[56] délabré. Nous arpentons cette longue rue ensoleillée, tendue de pampres de vigne. Tom ne se plaint pas de mon bavardage incessant. Placer un commentaire relève parfois du défi.

Au gré de notre déambulation, je lui raconte le peu que je sais, anecdotes amusantes ou scènes tragiques. Au Café des rossignols, en haut de la rue, sur une grande place arborée, mon père, enfant, avait été impressionné par l'attraction d'un combat de lutteurs à mains nues qui opposait deux malabars, le corps enduit d'huile ; il y a eu ce jour mémorable où il a vu Kemal Atatürk descendre cette même rue vers la mer, dans une voiture décapotable précédée d'impressionnantes forces armées ; et encore ce matin d'horreur de 1922, jour de ses dix ans, où il a été témoin d'une scène terrible : une procession de popes pieds nus passant dans la rue que les soldats turcs avaient jonchée de tessons de bouteille ; il a vu les milliers de cadavres de soldats grecs flottant dans les eaux ensanglantées de la mer Égée ; il n'a jamais oublié le désastre de l'incendie criminel allumé par les Turcs dans le quartier arménien, propagé à toute la ville, qui brûla aux trois quarts et dont il se rappelait l'odeur âcre. Dans certains quartiers, les murs calcinés, les balcons et les bow-windows à moitié détruits, les maisons en ruine, endeuillées par la suie déposée il y a près d'un siècle, en sont les témoins.

Mon père n'a jamais raconté les épreuves endurées là-bas, mais il les a consignées dans son livre de souvenirs. Il les évoquait rarement, soucieux qu'il était d'offrir son meilleur profil, le versant ensoleillé de sa personnalité. Quand exceptionnellement il en parlait, il s'étonnait, sur un ton toujours léger, de l'acharnement du

[56] *Le cortijo est un souvenir architectural du patio espagnol.*

destin qui a fait mourir son père de la grippe espagnole en 1917 (il avait 5 ans), chassé toute la famille de sa ville natale d'Aydin en 1919, puis, en 1924, de Smyrne, où ils s'étaient réfugiés. Là, ils ont appareillé pour un destin qu'ils rêvaient enfin serein et qui s'est avéré pire que pire. Et puis, au lendemain de la Seconde Guerre mondiale, après six ans de galère, d'exode et de peurs, il obtient sa naturalisation, gage de stabilité. L'amorce des Trente glorieuses sonne comme une promesse d'apaisement. À 40 ans, mon père peut commencer à envisager de construire sa vie.

Le voyage à Aydin

Aydin se situe à quelques encablures de Smyrne, à 80 kilomètres à l'intérieur des terres anatoliennes, une ville aujourd'hui importante de 175 000 habitants qui devait en compter environ 95 000 (dont 3 600 Juifs) vers 1912, à la naissance de mon père. Entièrement détruite lors de la guerre gréco-turque, elle ne garde plus aucune trace de cette époque ; un oncle a bien regretté y être retourné. Je ne me fais donc aucune illusion. Mais nous ne partons pas sans quelques billes.

Un jour, au cours de mes recherches sur internet, j'ai trouvé un document exceptionnel publié par une archéologue, chercheuse à l'université d'Aydin. Je me suis sentie soudain fébrile comme si une fenêtre allait s'ouvrir sur *la balsa de las tortugas* (la mare aux tortues), le nom du quartier juif où avait vécu ma famille. Véritable portrait d'Aydin, il présente le récit d'enfance d'un Turc au début du XXe siècle, plan de la ville à l'appui. L'archéologue a accepté de nous servir de guide.

Contrairement à ce que j'ai longtemps cru, et contre toute logique, ma famille est arrivée à Smyrne en gare de la Punta[57], au nord de la ville, à l'opposé du quartier juif où elle s'est installée, derrière la gare actuelle de Basman, d'où partent aujourd'hui les trains pour Izmir. Il m'a fallu mobiliser une tenace obstination pour rétablir la vérité historique. Je suis toujours ébahie de l'acharnement avec lequel il me faut vérifier l'exactitude des faits les plus minuscules afin de reconstituer les lieux tels qu'ils étaient pour pouvoir me les représenter, ressusciter le passé, renouer les fils qui me lient à ce pays. La satisfaction de dénicher des éléments incontestables provoque en moi une délicieuse décharge électrique ; identifier une nouvelle petite pièce du puzzle, c'est fugitivement abolir le temps. Sans parler de l'absurde plaisir, quasi sensuel, à prononcer certains mots comme Alsançak, Cordelio, Karataş, Punta, parés à mes yeux d'une inégalable poésie.

Tom a beau jeu de se moquer de moi en me voyant photographier les horaires de la ligne Smyrne-Aydin comme des icônes sacrées, car ce voyage porte une belle charge d'émotions pour lui

[57] *Départ du premier chemin de fer d'Anatolie qui reliait Smyrne à Aydin, construit en 1866 par une compagnie anglaise.*

aussi. Pour la première fois, Aydin n'est plus seulement un nom mais une promesse de réalité. Mon père a-t-il eu le loisir d'admirer le hall magnifique construit par Gustave Eiffel en 1876 ? Il était sans doute plus occupé à jouer avec ses copains (mais avait-il des copains ?) que curieux d'architecture, même si la gare se trouvait au bout de sa rue. Armature de fer en nids d'abeille et piliers blancs élancés reliés par des arceaux, murs gris clair, bancs et persiennes en bois foncé, une réussite de légèreté, de douceur et d'harmonie.

Le train file à travers la campagne anatolienne ; au bout d'une heure, nous voilà dans la ville qui a accueilli mes ancêtres paternels après un périple incertain. Un grand-oncle pensait que nos ancêtres étaient d'abord allés en Bulgarie – ou Hongrie ? – puis à Constantinople – ont-ils été déplacés[58] ? – puis à Smyrne. Vers 1830, fuyant une épidémie de peste, mes arrière-grands-parents se seraient réfugiés à Aydin. En ce temps-là, les épidémies s'associaient volontiers aux tremblements de terre pour faire de nombreuses victimes. Selon le récit familial, ils seraient venus directement d'Espagne à Aydin, chassés par les Rois Catholiques et l'Inquisition en 1492 ; 200 000 à 300 000 Juifs accueillis par le sultan Bayezid II[59], dont le geste de générosité n'était que le masque de l'intérêt qu'il avait vite perçu dans l'affaire. L'Empire ottoman, en pleine expansion, a alors besoin de peupler son territoire[60]. Aydin est le premier domicile connu de mes exilés d'Espagne.

Au sortir de la gare, nous éprouvons la violence de la modernité qui a englouti la ville ancienne. Pour un peu, nous ferions demi-tour, mais quelques vieilles pierres nous retiennent. Assis sur le mur antique au bord de la rivière, nous essayons de tenir à distance l'agitation citadine ; de là, le regard porte au loin sur la campagne environnante, inchangée depuis près d'un siècle. Sous le ciel transparent, le paysage n'est que douceur, collines en arabesques, plaines cultivées rythmées par les élégants cyprès qui s'élancent fièrement dans les dessins de mon père représentant sa maison, son quartier de *la balsa de las tortugas*, dit aussi *la huerta de abajo* (le potager d'en bas). Je n'ai jamais su s'il y avait vraiment des tortues hormis dans un de ses dessins où elles figurent, ni pourquoi le quartier portait ce nom. Pour nous repérer, un indice :

[58] Jusqu'aux premières années du XXe siècle, les déplacements de population ont été fréquents au gré des besoins économiques. En 1922, au terme de la guerre gréco-turque, il y eut d'importants échanges de populations (1 300 000 Grecs de Turquie contre 385 000 Turcs de Grèce).

[59] Il aurait fait cette déclaration ironique, et hypocrite, à propos du roi Ferdinand d'Espagne : « Pouvez-vous appeler sage et intelligent un tel souverain ? Il appauvrit son pays et enrichit le mien ».

[60] Au XVIe siècle, il est à son apogée et occupe presque toute la Méditerranée et les pays baltes.

mon père disait qu'il était né rue Kozdibi, dans le quartier turc d'autrefois. La rue a disparu, mais nous tombons par hasard sur la mosquée du même nom. Comme dans le jeu de cache-tampon, on est « chaud bouillant ». Identifier un périmètre probable me comble et me frustre à la fois. Plus tard, la famille s'est installée dans la maison natale de Sarah, ma grand-mère, rue Terziler, dans le quartier juif, au cœur de *la balsa de la tortugas* dont il ne reste rien. Comment imaginer aujourd'hui qu'à la place de l'immense stade Adnan Menderes[61], il y avait autrefois un entrelacs de ruelles tortueuses, ponctuées de fontaines où Sarah allait chercher l'eau, un dédale bruyant et coloré qui résonnait des cris des enfants et des colporteurs, limonadiers, portefaix, etc. ?

J'appelle à mon secours les récits de mon père pour révéler la ville palimpseste enfouie sous les buildings défigurés par de violents panneaux publicitaires, pour ranimer le simple cours de la vie rythmée par les tâches domestiques. Il y avait la journée de la lessive : les femmes se retrouvaient autour de la *pastera* (lessiveuse en bois) où, au milieu des claquements des battoirs et dans les vapeurs d'eau chaude, elles échangeaient les potins de la semaine dans toutes les langues locales, le grec, le judéo-espagnol, le turc, l'arménien. Il y avait aussi la journée des olives, durant laquelle, accroupies tout le jour, elles concassaient les fruits entre deux pierres. Et puis la journée préférée des enfants, où elles confectionnaient biscuits et confitures. Et bien sûr le shabbat le vendredi, les bougies, la table de fête, les parfums des mets judéo-espagnols.

Les chameaux, chargés de marchandises à livrer, circulaient dans la ville très commerçante. Un jour, l'un d'eux, effrayé par un bruit inhabituel, est venu s'encastrer dans la minuscule échoppe d'Aslan, mon grand-père.

Mon père allait-il s'amuser dans les anciennes ruines de Tralles, cité byzantine sur les hauteurs de la ville, où son oncle aimait jouer dans son enfance ? C'est aujourd'hui une zone militaire qui recouvre l'ancien cimetière où furent enterrés mon grand-père et mes arrière-grands-parents.

[61] *Lors d'un voyage en Turquie, Jane a aussi recherché le quartier natal de son grand-père près du stade. Arrivée à Izmir, elle est allée faire la connaissance de notre vieille cousine Stami qui a été très heureuse de cette visite inattendue, signe que l'histoire de la famille était toujours vivace malgré la distance.*

Sur le flanc des montagnes s'étendent les plantations de figuiers, fleuron de l'agriculture de la région. J'imagine les longues chevauchées de mes grands-oncles, exportateurs de figues qui examinaient les arbres ou les fruits ramassés à la main et séchant sur des claies au soleil. Cavaliers intrépides et bagarreurs, toujours armés en ces circonstances, ils étaient cependant souvent escortés par des gendarmes qui les protégeaient des attaques de brigands prompts à la gâchette. Ils rentraient épuisés, la poussière collée à la peau par la sueur, et les enfants les accueillaient comme des héros d'aventures extraordinaires. Tom se régale de ces anecdotes qui chatouillent l'imaginaire, sonnent pittoresques à nos oreilles d'Occidentaux alors qu'elles ne racontent que l'ordinaire de la vie quotidienne de nos aïeux. Un monde si lointain et si proche.

Une vie difficile, mais meilleure que du temps de mes arrière-grands-parents au XIXe siècle, qui ont connu la misère. Vers 1910, une embellie survient, de courte durée. 1914 arrive vite, puis, en 1919, la guerre gréco-turque sonne l'exil ; cinq siècles après l'expulsion d'Espagne, l'Histoire bégaie.

Nous avons rendez-vous avec l'archéologue à une terrasse de café sur la place de la gare. D'emblée, elle nous avertit que nous risquons d'être déçus car peu de choses subsistent d'autrefois, ce que nous savons déjà. Elle nous emmène au bord de la rivière qui traverse la ville, où on peut encore lire quelques traces du passé ; un vieux pont romain et des murailles qui enserrent le cours d'eau sinueux en contrebas de larges artères indifférentes, saturées de circulation automobile. La chercheuse a essayé de reconstituer la généalogie historique de la ville, de redessiner sa physionomie d'avant 1920. Passionnée par son sujet, elle semble très heureuse d'avoir l'occasion de l'évoquer pour nous. Mus par des motivations très différentes, nous partageons le même désir de remonter le temps pour redonner vie au village d'alors et à son histoire. À Aydin, au début du XXe siècle, vivaient quatre communautés – grecque, arménienne, turque, juive – dans des quartiers spécifiques, constitués selon les confessions religieuses[62]. Les habitants entretenaient des relations de voisinage pacifiques[63]. Dans les rues, les divers accents, grec, turc, judéo-espagnol, français s'entremê-

[62] Les Grecs et les Arméniens vivaient sur la rive droite de la rivière Tambak çay (la rivière des teinturiers), affluent du Menderes (le Méandre) qui traverse la ville au sud. Le quartier juif était sur la rive gauche, près de la gare et les Turcs plus au sud.

[63] Si on exclut les rumeurs malveillantes que les Grecs propageaient régulièrement accusant les Juifs de meurtre rituel d'enfant au moment de la Pâque juive.

laient. La meilleure amie de ma grand-mère était grecque ; mon grand-père parlait turc dans son échoppe, mais à la maison c'était le *djudezmo* (judéo-espagnol), et, à l'École de l'Alliance israélite universelle, les enfants parlaient français[64]. Les explications sur la configuration des différents quartiers nous ont apporté des éléments précieux pour comprendre l'organisation sociale de la cité, où chaque communauté avait ses activités propres. Les nombreux tremblements de terre ont largement contribué à ensevelir l'histoire architecturale d'Aydin et la guerre gréco-turque en a achevé la destruction. La ville a successivement été aux mains des Grecs, des Turcs, des pillards, jusqu'à ce qu'un incendie ravage la totalité des constructions, pour la plupart en bois. Ma famille a été recueillie dans la cour de l'École de l'Alliance israélite universelle, avec d'autres réfugiés, dans des conditions sanitaires insalubres. Au bout de quelques jours, c'est un sauve-qui-peut général ; les trains pour Smyrne sont pris d'assaut. Ma grand-mère n'a pas d'autre choix que d'abandonner ses parents impotents et trop âgés pour faire le voyage. Elle ne les reverra pas et ne saura jamais quel aura été leur sort. Quand elle reviendra, trois ans plus tard, personne ne saura la renseigner.

Sur le quai de cette même gare, nous attendons le train de retour, le même qui a conduit mon père à Smyrne dans les conditions tragiques d'un exode précipité. C'était il y a un siècle, il avait 7 ans. Nous y croisons la même foule locale. Dans le wagon, circulent le vendeur de jus de grenade, le vendeur de *simits*[65] qui se fraie un passage, portant haut son grand plateau chargé de ces délicieux petits pains briochés au sésame. Aujourd'hui, le trajet dure environ une heure, le temps de faire tourner la manivelle du cinéma intérieur qui retrace le drame d'un arrachement qui n'est pas sans échos.

Faire le trajet en train d'Izmir à Aydin aller-retour avec mon fils a peut-être été l'épisode le plus important et le plus émouvant de notre séjour. Nous n'avons trouvé aucune trace objective, et pourtant nous sommes comblés et profondément émus. Pour Tom, ce voyage sur la terre d'origine de son grand-père est une réponse différée au voyage que celui-ci a fait à Bogotá pour aller

[64] *Avant 1923, date de naissance de la République turque, l'Empire ottoman n'était pas une nation constituée mais une fédération artificielle née des conquêtes territoriales successives depuis le XIIIe siècle. Chaque ville était placée sous la houlette d'un gouverneur ottoman (le vali) ; celui-ci veillait sur les différentes communautés qui s'autogéraient en toute indépendance dans les domaines spécifiques de leur culture et de leurs traditions.*

[65] *Le simit, ou gevrek, petit pain en forme d'anneau, souvent comparé au bagel, est turc mais aussi arménien, grec ; on le trouve dans d'autres pays des Balkans. En Turquie, on en vend à chaque coin de rue dans des petites roulottes rouges ou sur un plateau porté sur la tête.*

le chercher, vingt-sept ans plus tôt ; c'est renouer avec un pacte secret, une promesse tacite, c'est une preuve supplémentaire des liens invisibles et indéfectibles qui les unissent. Bien plus encore, ce voyage a eu des conséquences inattendues, il a fait office de catalyseur :

Dans le train qui nous ramenait à Izmir, je pensais constamment à mon grand-père. Soudain, j'ai eu le sentiment que ce dernier voyage était plus important que je ne l'avais cru, il a été comme un révélateur. Les morceaux du puzzle, jusque-là épars, s'agençaient dans ma tête. Pour la première fois, je me suis dit clairement que j'avais trouvé définitivement ma place de fils et de petit-fils auprès de ma famille adoptive. Je comprenais que mon grand-père en avait été le vecteur involontaire, la pièce maîtresse.

Dans l'avion qui nous ramène à Paris, nous rêvons des voyages futurs d'est en ouest, de Turquie en Colombie et réciproquement. Nous reviendrons à Izmir en 2013, nous replonger dans le bain oriental. Plus tard, Tom retournera en Colombie, tout seul, à la découverte du pays et pour rendre visite à sa famille outre-Atlantique. Entre-temps, notre Alveiro fera à nouveau escale chez nous et nous reprendrons notre conversation là où nous l'avions laissée un an auparavant, lors de son dernier séjour.

Épilogue

On ne peut transmettre à ses enfants que deux choses : des racines et des ailes.

Jeanine Gerson-Père

J'ai accompagné Tom dans son pays natal à la recherche de la part manquante de son histoire, il m'a accompagnée au pays natal de son grand-père, sur les traces de l'histoire familiale. Si nos voyages en Colombie et en Turquie témoignent de nos quêtes des origines, au-delà des enjeux respectifs sans commune mesure, ils nous ont de surcroît beaucoup appris sur nous-mêmes, ils ont étoffé, densifié nos liens.

Si nos racines ne suffisent pas à faire de nous des hommes, elles participent incontestablement à l'élaboration de nos fondations. Chacun sait qu'on est le produit d'une histoire et d'une culture collective et personnelle. Rien à faire, nous ne sommes pas nés du néant, ni dans un chou ni dans une rose. Cette évidence théorique tombe tellement sous le sens qu'on n'en a pas conscience tant que rien ne vient l'interroger. Mais pour peu que l'histoire ne soit pas un long fleuve tranquille, on découvre alors la nécessité de savoir d'où l'on vient pour comprendre qui l'on est. Une démarche qui prend tout son sens dans la mesure où elle nous conduit hors de nous, vers l'autre. Connaître son histoire non pas pour s'y enfermer mais pour acquérir les moyens de s'en émanciper tout en assurant ses amarres. Tom en fait l'intime expérience.

Taraudé par la nécessité impérieuse de rétablir le lien originel, il est parti à la recherche de sa mère. La rencontre physique a donné corps aux mots et apaisé les maux du cœur. C'est cette femme-là qui l'a porté, qui l'a mis au monde, celle-là et pas une autre, dans laquelle il se reconnaît. L'espace de ces brèves retrouvailles, le lien rompu est réparé ; Tom, accueilli avec tendresse par une parentèle nombreuse, est rendu à lui-même, à son entièreté. Le terreau du sol natal brassé avec la terre d'adoption constitue le substrat de son identité. Le hasard, qui parfois fait bien les choses, l'a conduit dans une famille travaillée par l'hispanité et la question des origines qui, sans le savoir, lui offrait des repères, un récit familial dans lequel il a naturellement trouvé sa place avec son grand-père pour guide, qui le restera pour toujours. Le voyage en Colombie trouvait des prolongements, des ramifications en Turquie. Logique, l'histoire de son grand-père est aussi la sienne.

L'intranquillité en partage

Petit exilé juif levantin, mon père rêvait d'intégration au point de tomber amoureux d'une belle blonde aux yeux bleus, très catholique, que certains ont d'abord regardée de travers. Seul de sa famille à franchir la barrière communautaire, libéré d'une appartenance de principe, mon père était pourtant attaché à la culture séfarade de son milieu et c'était par là qu'il se sentait juif. Pour ma part, je n'ai jamais ignoré le versant paysan savoyard de mon ascendance qui diffuse en sourdine et m'inspire beaucoup de tendresse, mais le récit maternel étant muet, je croyais tout savoir puisqu'il n'y avait soi-disant rien à apprendre, alors que du côté paternel, c'était toute la Méditerranée dans le salon. Résultat, je ressens depuis longtemps une attirance irrésistible pour l'hispanité, et mon intérêt pour l'histoire familiale dépasse le cercle de la communauté. Ainsi, j'ai découvert avec enthousiasme l'histoire de l'Empire ottoman et je me perds toujours dans la contemplation étonnée de la photographie de mes arrière-grands-parents en costume local ou devant la mention « Israélite du Levant », presque poétique si elle n'était synonyme d'apatride, qui figure sur le document de naturalisation de mon père. La culture judéo-espagnole d'Orient est un héritage. Je l'ai dans la peau et j'y suis partiellement étrangère. On m'a parfois demandé si le fléau de ma balance penchait plus d'un côté que de l'autre, judéo-turco-espagnol ou christiano-savoyard. Il faut ne jamais avoir réfléchi au sens des mots « métissage », « mixité » pour poser ce genre de questions distraites. Allez demander à Tom d'évaluer les pourcentages de colombien et de français qui font de lui ce qu'il est, il vous rira au nez. Au mieux, on pourrait dire que s'est opéré un processus alchimique dont le résultat serait un alliage composé d'éléments natifs indissociables. La pâte dont nous sommes faits est un savant mélange d'ingrédients hétérogènes qui font plus ou moins bon ménage. Entre la Turquie et la France, je suis une entre-deux mers (mères patries) ; selon les jours, métissage heureux, déchirement irréparable, juive monstrueuse des caves d'Albert Cohen, banlieusarde ordinaire née de la petite bourgeoisie commerçante du

Sentier. Spécimen exemplaire d'une mixité heureuse, j'éprouve pourtant parfois en secret l'impossible réconciliation déplorée par Cohen à travers le destin tragique de son héros Solal[66], désespérément assis entre deux mondes, fils de sa tribu orientale que ses rêves d'Occident tueront pour n'avoir pas réussi à tenir ensemble les deux rives de la Méditerranée, pour avoir échoué à « en être »[67]. Revoilà la part manquante, le membre fantôme : quelle qu'en soit la nature, elle est une béance dans le cœur, un trou noir. Une loi tacite de l'invisibilité invite à un effacement consenti de soi dans l'espace public. « En être » (sous-entendu « ou pas ») sonne comme une variante déguisée du *« to be or not to be »* d'Hamlet, un enjeu ontologique, un risque tragique de dissolution à vouloir trop étreindre, à rêver l'impossible fusion. Faut-il renoncer à ce qu'on est, laisser sa singularité au vestiaire, cette étrangeté qui effraie si souvent ?

Mon père aurait voulu s'assimiler totalement, tenir ses origines au secret sans renoncer à rien pour mieux s'intégrer, et en même temps il explique comment l'Histoire l'a fait plus juif qu'il ne l'aurait voulu. Si, du point de vue du rabbin, je ne suis pas juive puisque ce ne peut être qu'un héritage maternel, d'un point de vue antisémite, je le suis à coup sûr. Juif dans le regard de l'autre, comme l'écrivaient Jean-Paul Sartre dans un ouvrage théorique[68] et Albert Cohen dans un récit autobiographique[69]. Juif, étranger, différent, assigné à une étiquette malgré soi. Tom, l'adopté des Amériques, sa sœur Jane, comme moi, pas tout à fait d'ici ni d'ailleurs non plus, leur grand-père, le Juif levantin, sans oublier d'ajouter dans la marmite familiale, du côté de leur père, les ingrédients juifs ashkénazes lorrains, qui, si on suivait la piste des origines, nous conduiraient quelque part en Pologne du côté de Lodz où aurait officié un ancêtre rabbin.

Nous avons en commun une intranquillité partagée, innée ou acquise, reçue dans le berceau ou expérimentée. David a mis en mots et en musique ce sentiment intime. Une inquiétude sourde, subliminale[70] :

[66] *Albert Cohen,* Solal, *Gallimard, 1930.* Belle du Seigneur, *Gallimard, 1968.*
[67] *Rêve d'intégration, appartenir à la société occidentale, « en être » sans renoncer à rien de son identité orientale. Rêve irréalisable, « en être » est une façon de mourir à soi-même.*
[68] *Jean-Paul Sartre,* Réflexions sur la question juive, *Gallimard, 1954.*
[69] *Albert Cohen,* « Le jour de mes dix ans » *in* Ô vous frères humains, *Gallimard, 1972.*
[70] *Extrait de la chanson de David Jisse* « Assis sur ma valise ».

« Assis sur ma valise au bout du quai
J'attends qu'il vienne
J'ai l'air d'un artiste immigré
Qu'à cela ne tienne
Y a des courants d'air qui cavalent
C'est dur l'hiver
Surtout quand on attend qu'il passe
Depuis bientôt des millénaires
J'pense à ma famille dans les gares
C'est la guerre l'horreur de naguère
C'est moi qui m'fais des idées noires
Alors qu'j'suis là tranquille sur terre
À chanter les peurs de ma mère.

Et j'dors sur des vieux sacs postaux qui trainent
Et j'passe mes nuits à lire le courrier du cœur
J'attends qu'il roule qu'il m' déménage qu'il vienne
Finissent les fantômes où finit ma peur. »
[...]

Métissage et identité

Mais de quoi l'identité sociale est-elle le nom ? Si tant est qu'elle se laisse définir, on pourrait dire qu'elle est la singularité plurielle de chacun, enrichie de la multiplicité des expériences de vie. En perpétuelle métamorphose, en phase directe avec l'évolution de la société. Elle est changeante, en devenir, en mouvement. À la fois innée et acquise, elle dépasse les données officielles administratives. Mais mal comprise, elle séquestre à double tour, favorise le communautarisme, le rejet de tout ce qui n'est pas moi, désigne du doigt, assigne à résidence. On revendique avec violence des signes identitaires pour se rassurer parce qu'on ne sait pas vraiment qui on est, par peur de ce qui nous est étranger.

Amin Maalouf[71] met en garde contre les acceptions toxiques des concepts d'origines et d'identités, contre les instrumentalisations de tous bords. Nous savons que ce combat est prométhéen, le mal repoussant indéfiniment comme une tumeur maligne qu'il faut éternellement éradiquer.

Le métissage n'est pas une valeur en soi mais un fait. Selon le contexte, on peut le vivre heureusement ou dans l'inconfort ; on peut se sentir renvoyé comme une balle à l'une ou l'autre culture d'origine sans jamais être vraiment accepté par aucune. Quand il est vécu comme un déchirement, il peut conduire à brandir son identité tel un étendard, une arme contre autrui qu'on ne reconnaît pas, avec ce que cela suppose d'intolérance.

À la racine il y a presque toujours un exil – économique ou politique, il est le lot d'une grande partie de l'humanité – qui est une blessure à double détente, même dans le cas d'un exil volontaire. Un arrachement doublé des difficultés liées à l'intégration. Alors que celle-ci devrait être consentie, accompagnée, elle est souvent perçue comme une injonction, un renoncement qui brise tout espoir de dialogue et ouvre la porte au clanisme, source fatale d'incompréhensions et de conflits, de rancœur transmise de génération en génération, dont la cause s'est évanouie au fil des ans, pour peu que le pays d'accueil ne soit pas, justement, accueillant.

[71] Les Identités meurtrières, *Grasset, 1998.*

Sur La question de l'identité : Il n'y a pas de Ajar, *Delphine Horvilleur, Grasset, 2022.*

« Mais tu viens d'où toi ? », demande-t-on, sans aucune mauvaise intention, à des jeunes de nationalité française depuis des lustres mais qui n'ont pas l'apparence requise, estampillée conforme. Difficile de se sentir d'ici quand, plus ou moins aimablement, on est sans cesse renvoyé à un ailleurs. Le raffinement consistant à établir une hiérarchie dans la tolérance dont les critères s'appuient bien souvent sur des préjugés solides qui s'associent pour éluder l'humanité de chacun, se dépêcher d'oublier que les migrations existent de toute éternité et surtout ignorer quelles richesses elles représentent[72].

La crainte d'être réduit à une étiquette incite parfois au silence, vécu comme un reniement, une trahison de soi et des siens. Nous sommes nombreux à en avoir fait l'expérience. C'est généralement au détour d'une conversation anodine que surgit la question fatale des origines qui donne lieu à un vrai débat intérieur mené le temps d'un soupir. On se demande s'il faut tout dire à son interlocuteur au risque de se perdre de vue ; s'il faut taire la complexité pour se plier à cette réduction de soi redoutée, au risque… de se perdre aussi ; s'il faut mentir, trafiquer la réalité, sachant qu'aucune des solutions ne sera satisfaisante. Et puis d'autres fois, on s'en moque comme d'une guigne, un vent de liberté et d'audace nous entraîne à assumer cette différence encombrante et précieuse. D'autres fois encore, se croyant en sécurité, on cède à la confession pour, au premier mot, comprendre l'erreur fatale, trop tard. Ce petit jeu de cache-cache avec nous-mêmes se révèle vite lassant. On danse d'un pied sur l'autre et puis on se calme à l'idée que les étiquettes qu'on nous colle ne nous sont pas réservées, elles collent à beaucoup de fronts dans les circonstances de la vie les plus variées dès qu'il s'agit de porter un jugement sur autrui à l'emporte-pièce, de proférer quelques préjugés rassurants élevés au rang de vérité.

Le rêve de fraternité, de dialogue et de tolérance que la plupart des hommes partagent passe par le refus de toute tentative d'enfermement associé à une curiosité de l'autre[73], une confiance, des échanges, l'acceptation sereine de la différence. La

[72] Dans un article publié dans Le Monde *à l'occasion d'un rapport de l'ONU sur cette question, Kofi Annan écrit : « Depuis qu'il y a des frontières, les hommes les franchissent pour visiter les pays étrangers, mais aussi pour y vivre et y travailler. Chacun prend alors des risques, animé par la volonté de surmonter l'adversité et de vivre mieux. C'est cette volonté qui est depuis toujours le moteur du progrès. L'histoire nous enseigne que les migrations améliorent le sort de ceux qui s'exilent mais font aussi avancer l'humanité tout entière. »*

[73] Dans un entretien accordé au journal suisse Le Temps *en 2019, le rabbin Delphine Horvilleur déclarait : Pour moi, il n'y a pas de « Juifs », de « musulmans », de « chrétiens », de « croyants » : il y a ceux qui ont la volonté de faire de la place à l'autre et ceux qui n'en sont pas capables. C'est ce rapport qu'un être humain va avoir à l'altérité et à la vérité qui m'intéresse. »*

sécurité tiède de l'entre-soi rassurant où circule une pensée unique est un leurre, un aveuglement à l'apparence confortable et un danger sournois. Pour s'en convaincre, il suffit de constater les dégâts provoqués par les algorithmes et les réseaux sociaux qui nous cantonnent à ce que nous connaissons déjà, appauvrissement garanti, affûtent des colères qui tournent à vide, hors sol, propagent la haine de manière virale, perdent de vue l'humain invisible derrière son pseudonyme[74]. Tout ce qui tourne le dos à la complexité pour tendre vers la simplification nuit aux individus et à la collectivité, et menace la cohésion sociale.

À l'inverse de toute forme de repli, sortir de sa zone de confort, promener son esprit sur des chemins inconnus, perturber ses habitudes, espérer l'inattendu, se sentir chez soi hors de soi, « accepter de ne jamais complètement comprendre ni posséder [l'autre] »[75], sont autant de façons de mieux se connaître, de se rendre disponible à l'insoupçonné avec joie, toute crainte bue. Le bébé naît inachevé et a besoin de rencontres avec l'autre pour se construire. Nous feignons d'ignorer que cette nécessité ne s'éteint pas à la majorité, nous bâillonnons notre propre curiosité, nous évitons soigneusement de remettre en question nos certitudes, l'arme au poing contre ce qui les menacerait. Comme l'écrivait Albert Camus en 1946: « Nous étouffons parmi les gens qui pensent avoir absolument raison. » [76]

Au XVIIe siècle, le philosophe Spinoza mettait en garde contre ce qu'il appelait « les passions tristes » (haine, colère, peur, envie, etc.), à savoir les émotions qui nous guident aveuglément, évacuant le jugement, la raison et surtout le doute, au profit de la croyance (source de toutes les barbaries), et qui nous aliènent. Nietzsche insistera: « Ce n'est pas le doute, c'est la certitude qui rend fou. » Entre croyance et certitude, il n'y a qu'un petit pas. Signe de temps inquiétants, toute vérité est aujourd'hui discutable au profit des croyances, elles, indiscutables. Sans nul doute, le doute, résultat d'une incertitude congénitale inconfortable, gage de paix et de respect d'autrui, est résolument un état philosophique indispensable, comme le chante si joliment Anne Sylvestre dans cette belle chanson intitulée « Les gens qui doutent ».

[74] *Albert Camus s'en alarmait déjà en 1948 dans ces propos d'une troublante actualité: « Le XXe siècle est le siècle de la polémique et de l'insulte. [...] Mais quel est le mécanisme de la polémique ? Elle consiste à considérer l'adversaire en ennemi, à le simplifier par conséquent et à refuser de le voir. Celui que j'insulte, je ne connais plus la couleur de son regard, ni s'il lui arrive de sourire et de quelle manière. Devenus aux trois quarts aveugles par la grâce de la polémique, nous ne vivons plus parmi des hommes, mais dans un monde de silhouettes. »* In Actuelles I, *1948, «* Le témoin de la liberté *», allocution prononcée à Pleyel à un meeting international d'écrivains.*

[75] *Delphine Horvilleur.* Vivre avec nos morts, *Grasset, 2021.*

[76] *Combat,* « le siècle de la peur »*, 19 novembre 1946.*

Accueillir le doute, c'est accepter l'impermanence du monde, reconnaître que la vie est mouvement, complexité, en épouser le courant incertain et ainsi se libérer de la peur – peur de l'autre, de l'inconnu, peur de mourir –, principal mobile de nos conduites excessives, erratiques et péremptoires. Un programme exigeant qui mérite de tenter l'aventure, dont le jeu vaut bien la chandelle.

Ces réflexions un peu désordonnées, qui pourraient faire l'objet d'approfondissements dans un autre cadre, sont les fruits de notre histoire de vie. Ma modeste expérience de l'adoption, qui est d'abord une rencontre, m'a conduite à m'interroger sur la question de l'attachement, quelle que soit sa nature, biologique ou pas. De nos origines familiales diverses, j'ai appris que le métissage est un brassage qui aère l'esprit, coupe l'herbe sous le pied des préjugés sclérosants qui brouillent notre entendement.

Aucun angélisme dans ces propos. Je n'ignore pas que les pires ruses sont toujours secrètement à l'œuvre pour réactiver nos passions tristes. Pour tenter de s'en préserver, l'hybridation des identités, selon l'expression du poète haïtien Édouard Glissant, comme gage d'ouverture et de paix ?

Dans un monde idéal, débarrassé des démons de la peur, l'identité première des individus serait leur humanité.

Nos eaux mêlées

Chez nous, (le fameux « chez nous » prend ses aises), on peut se réjouir de ne connaître que le versant heureux de l'identité métissée même si cela a été chèrement acquis. Tom et son grand-père ont éprouvé la douleur du déracinement, expérimenté parfois l'inconfort de la double appartenance, la difficulté à trouver une place juste sans rien renier de leur nature. Et pourtant, malgré les embûches, mon père a conjugué avec bonheur sa culture d'origine et la culture française sans jamais avoir le sentiment d'y perdre son âme. Tom a mis du temps pour équilibrer les plateaux de la balance entre ses deux identités mais il peut se vanter d'avoir à peu près résolu la quadrature du cercle. Le contexte plutôt confortable de ma mixité culturelle m'a protégée de toute tentation de repli communautaire qui est un enfermement, un entre-soi meurtrier. Je suis un produit hybride, comme mon père et Tom, mais, contrairement à eux, si cela m'a parfois compliqué la vie, je n'ai pas eu à en souffrir si ce n'est par procuration, par empathie. Bien qu'ils n'y soient pour rien, je leur suis infiniment reconnaissante de m'avoir permis de me construire à la lumière de leurs histoires.

Adopter un enfant en Amérique du Sud allait de soi, comme faisant partie de mon bagage génétique, ce qui n'est pas toujours le cas ; je sais des couples totalement réfractaires à cette idée, qui préfèrent attendre dix ans une hypothétique adoption sur le sol français plutôt que de s'aventurer en terre étrangère. L'arrivée de ce petit bout dans notre famille, aujourd'hui un grand gaillard de 37 ans, a jeté un pont par-delà les siècles et les mers. Tom a partagé son hispanité avec son grand-père, et avec moi ; il a, d'une certaine manière, légitimé, consolidé nos origines espagnoles, il a participé à l'élaboration de notre identité multiple hispano-franco-turco-colombienne, enrichie d'un soupçon de culture juive polonaise.

Nous avons appris les uns des autres, nous nous sommes nourris de nos différences et de nos singularités. Ensemble, nous avons composé avec des éléments disparates pour élaborer notre espace commun, réel et rêvé sur fond de légende des origines hispaniques. Nos parcours atypiques nous ont incités à cultiver, à creuser les notions d'identité, de mixité, de tolérance, à repousser toute tentation simplificatrice. Nous nous sommes mis en route. Ce récit de voyages en faux miroir voudrait modestement en témoigner, en poursuivant l'entreprise de transmission initiée par mon père, et, pourquoi pas, contribuer par l'exemple, non moins modestement, à combattre les peurs, les éternelles inimitiés, à inviter au dépaysement, à préférer le doute aux certitudes, la complexité à la simplification, l'aventure à la routine, la fenêtre ouverte à la porte fermée.

Lettre à mon presque jumeau né de l'autre côté de l'Océan

Je me dis souvent que j'ai de la chance de connaître cet amour qui unit un frère et une sœur. Je me dis souvent que j'ai de la chance de t'avoir.

À Montreuil, le lundi 29 mars 2021

Tom, mon frérot, mon frangin, mi hermano,

Il y a quelques mois, maman m'a demandé si je souhaitais joindre ma voix à ce récit qui parle de toi, de ton adoption, de notre grand-père, de nos racines, de cette histoire qui est celle de notre famille.
Il y a quelques mois, nous venions de perdre brutalement un de nos points cardinaux, notre père.
Tu avais alors prononcé ces mots si simples et si justes : « nous étions quatre, nous sommes quatre, nous serons quatre ».
C'est ça notre famille, nous quatre, un tout inaltérable et éternel.

Prendre la parole aujourd'hui m'est très difficile mais cela m'est aussi nécessaire.
Je tenterai d'écrire pour lui, pour elle, pour toi, pour moi, pour nous.

Tout d'abord, je voudrais te dire que si je peux formuler des pensées qui me paraissaient complètement inaccessibles, c'est grâce à mes chères amies, Maeva et Nil, qui se sont prêtées au jeu de l'interview.
C'est aussi grâce à notre mère qui m'a laissé le temps et, grâce à toi, qui m'inspire ces mots.

Je sais que pour écrire, il faut tirer le fil de l'authenticité mais comment être authentique sans être impudique ? Que raconter et pour qui ?
Il m'est alors apparu que le plus simple serait de t'adresser ces paroles. C'est l'occasion de t'exprimer mon ressenti sur notre histoire. D'ailleurs, l'avais-je déjà vraiment fait ?

Ne pas perdre une occasion de « dire ».
Ce que nous avons vécu ces derniers mois m'a fait comprendre cela.
Depuis, je reste à l'affût car nous ne savons jamais combien de temps dure le présent et parce que, comme l'avait écrit notre père dans une de ses chansons, il est important de « Dire à ceux qu'on aime, qu'on les aime, c'est tout ».
Des mots, des mots, des mots, dire, raconter, créer des récits communs, transmettre.
Notre grand-père maternel a raconté son histoire dans un livre, notre grand-tante paternelle a raconté la guerre dans son journal, et aujourd'hui, notre mère raconte ton adoption, pour nous, mais pour les autres aussi. Notre civilisation n'est-elle pas fondée sur des récits communs ? Ces récits, ces histoires transmises de génération en génération, terreau commun pour les générations futures, ne font-ils pas notre humanité ?
Il y a deux jours, j'étais en train de lire le livre de Delphine Horvilleur, *Vivre avec nos morts*, et ses mots ont résonné très fortement en moi : « Je me tiens aux côtés de femmes et d'hommes qui, aux moments charnières de leurs vies, ont besoin de récits. Ces histoires ancestrales ne sont pas seulement juives, mais je les énonce dans le langage de cette tradition. Elles créent des ponts entre les temps et entre les générations, entre ceux qui ont été et ceux qui seront. Nos récits sacrés ouvrent un passage entre les vivants et les morts ».

Nous, notre famille est en partie juive mais nous ne sommes pas croyants.
C'est pourtant bien cela que nous avons fait, sans en avoir

conscience, pour affronter ces moments si difficiles : nous avons inventé nos propres rituels laïcs, nos propres récits.
Il y a eu les paroles partagées, la musique et la beauté de cette Coupole du cimetière du Père-Lachaise. L'art, les mots, la communion autour d'eux, nous ont soutenus, nous ont aidés à affronter l'indicible.

À la mort de notre père, grâce à vos encouragements, aux tiens et à ceux de maman, j'ai accompli cet acte inouï d'écrire à Wajdi Mouawad, cet homme de théâtre que j'admire tant.
Je repense à un passage de cette lettre : « Il y a deux semaines, j'étais ici, en Normandie, avec mon frère et ma mère.
Nous marchions au soleil couchant, vers la mer.
Mon frère portait mon père à l'image de Wilfried[77] qui transportait le sien.
Nous allions disperser ses cendres dans les flots.
Mon père est parti en deux mois.
Un fulgurant cancer s'était à peine déclaré au lendemain du déconfinement, qui l'a emporté.
Ce jour-là, il y a deux semaines, je pensais à lui 35 ans plus tôt, portant mon frère jusqu'en France. Il avait été le chercher dans un orphelinat colombien, mon frère arrivé presque en même temps que moi, mon presque jumeau mais né de l'autre côté de l'Océan.
Au cours de cette longue marche, nous parlions de Wilfried et cela nous a portés, nous a donné du courage. Penser à Wilfried, c'était nous décoller de la matérialité aride de la situation, en dégager la beauté, la poésie.
Deux jours auparavant, cette terrible explosion avait eu lieu à Beyrouth et nous pensions déjà à vous, à ce peuple libanais si meurtri.
Je ne sais pas comment exprimer cela avec simplicité mais j'ai envie de vous dire aujourd'hui que vos pièces, vos personnages, m'ont aidée à traverser ce moment si difficile, ils m'ont aidée à y trouver de la beauté, de la poésie et même de l'humour, pour que la tristesse n'emporte pas tout. Alors, je voudrais avant tout vous dire merci. »

[77] *Dans la pièce* Littoral, *écrite par Wajdi Mouawad, Wilfried, le héros, perd soudainement son père et se met en quête d'une sépulture qui lui conviendrait. Ce parcours l'amène à partir à la rencontre de ses racines.*

Les jours suivants, je n'arrivais pas à me détacher de la sensation désagréable de ne pas avoir fait ce qu'il fallait. Désemparée, je t'ai confié ce que je ressentais et tu m'as alors raconté ton propre récit. Ton vécu était beaucoup plus serein que le mien. À ce moment-là, il s'est passé cette chose miraculeuse : j'ai pu m'approprier ta parole, ta propre narration. Quelque chose s'est instantanément déposé en moi. Tes paroles m'ont littéralement apaisée alors que j'étais désespérée.
Je repense à cette phrase prononcée par papa : « n'oublie pas de laisser la porte ouverte à l'imaginaire ». Cette phrase, je ne cesse pas de lui trouver des significations nouvelles. C'est bien l'imaginaire, ton imaginaire, qui nous a soutenus à ce moment-là.
Je me souviens de cette réflexion que je m'étais faite il y a quelques années : « L'histoire de Tom ferait une magnifique pièce de Mouawad ! ».
Pourquoi les personnages de ces pièces sont-ils si importants pour moi ? Pourquoi ces spectacles m'ont-ils aussi profondément bouleversée ?
En écrivant à Mouawad, je n'avais pas fait le lien consciemment, mais il me semble aujourd'hui que si ses pièces m'ont autant bouleversée, c'est qu'elles entrent très fortement en résonance avec notre propre histoire. Ces pièces parlent de racines, de quête identitaire, de transmission, de l'importance des paroles données, des noms, des mots, des liens, de l'histoire. Or, nous avons grandi avec un mystère : nous ne savions pas pourquoi ta mère biologique t'avait abandonné et nous ne connaissions pas le nom de ton père biologique. Nous avons grandi avec ce trou dans l'histoire, toi le premier.
Ton vécu à toi, ta souffrance est celle d'avoir passé les quatorze premiers mois de ta vie ailleurs, cet abandon, ton déracinement, et ce mystère fondateur.
Mon vécu à moi bien sûr n'est pas le même, mais cette histoire a contribué à construire la personne que je suis. C'est donc aussi mon histoire.
Nous avons eu la chance d'avoir été élevés par une famille aimante et qui nous a toujours dit la vérité. Nous avons toujours connu ton

histoire et les inconnues étaient les mêmes pour nous quatre. Toi qui as longtemps aidé d'autres enfants adoptés et leurs familles, tu as bien vu les ravages produits par le secret dans celles où l'adoption était dévoilée trop tardivement. De même, nos parents t'ont toujours offert la possibilité de faire des recherches sur ta famille biologique, ils t'y ont même encouragé, à l'opposé de situations dont tu as pu être témoin où les parents adoptifs se sentaient menacés par une telle éventualité.
Tu étais le seul à pouvoir faire cette démarche. Cette recherche, tu l'as faite pour toi et indirectement, pour nous aussi.
Je réalise aujourd'hui que de même que tu as des racines juives séfarades de Turquie par notre grand-père, nos parents et moi avons des racines colombiennes grâce à toi.
Je constate un phénomène inédit : les racines peuvent se transmettre par le frère.
Finalement, dans la famille, nous sommes tous un peu colombiens. Lorsque je me présente à des inconnus, je dis toujours assez rapidement que j'ai des racines turques et que mon frère vient de Colombie. C'est une fierté, je me sens valorisée d'avoir été façonnée par ces différentes cultures, par ces exils qui ont été le tien et celui de notre grand-père. J'imagine une carte du monde avec deux flèches tendues l'une vers l'autre, l'une part de Bogotá, l'autre d'Izmir, les deux se rencontrant à Paris. Notre grand-père a lui-même fait le lien en venant te chercher en Colombie. Là-bas, il communiquait grâce au *ladino*, cette langue si proche de celle dans laquelle tu as baigné les quatorze premiers mois de ta vie.
Si je fais du théâtre aujourd'hui, c'est peut-être que notre histoire, ton histoire m'a transmis justement le goût de l'épique, l'envie de transmettre des récits qui ouvrent, qui transforment, qui bouleversent. Peut-être que la rencontre avec l'œuvre de Mouawad (que notre mère nous a fait découvrir) a ainsi joué un rôle fondateur dans le chemin qui m'a menée jusqu'ici. Peut-être que c'est aussi ça notre histoire : le temps que j'ai mis pour trouver le chemin de mon propre désir.
Lorsque tu es parti pour la première fois en Colombie en 2007, j'étais complètement perdue, en sortie de route. Je n'étais pas prête

à t'accompagner comme je l'aurais souhaité, je ne l'étais pas plus en 2010. Je savais combien tu y tenais mais j'en étais incapable. Je devais trouver ma propre voie. Quand toi, tu es parti chercher tes racines, moi je commençais ma plongée introspective, un travail de recherche pour chacun qui prenait des formes différentes mais qui nous a permis ensuite de nous retrouver, d'une tout autre façon. Notre lien était déjà très fort, mais nous avons appris à fabriquer encore plus que ce qui était donné d'avance, que ce qui était déjà là. Alors c'est d'autant plus important pour moi que notre mère retranscrive cette histoire que j'ai parfois l'impression de ne pas l'avoir moi-même complètement vécue. J'en suis à la fois profondément désolée, déçue, et en même temps, je sais que je n'avais pas d'autre choix.

Ainsi, si je pense avoir trouvé le chemin qui me rend heureuse, celui de mon désir, et si ce chemin rime principalement avec les mots « raconter », « histoire », « transmission », c'est sûrement aussi grâce à toi et grâce à nos parents qui ont posé cet acte magnifique de t'avoir adopté.

On a toujours dit que tu étais notre mémoire.

Peut-être que si tu te souviens d'autant de choses, c'est que ton inquiétude t'a toujours rendu très attentif à ce qui t'entoure. Tu en as fait ta force, ta finesse d'observation et d'écoute.

Maeva me demandait quel était mon premier souvenir d'un moment partagé avec toi et lorsque je t'ai retourné la question, tu as évoqué cette image de nous, petits, je dormais, et toi, tu regardais par la fenêtre. Ce souvenir est très évocateur.

Mieux que quiconque, tu es capable d'évoquer certaines mimiques de notre père que je ne pourrais pas moi-même convoquer avec autant de talent et tu nous les offres comme des cadeaux inestimables qui nous le rendent présent d'une façon incomparable.

Oui, nous sommes très différents. Nous nous sommes construits à l'opposé l'un de l'autre, en miroir, mais nous avons toujours fait de nos différences notre richesse. Nous sommes deux opposés qui se complètent, qui s'équilibrent. Et cela ne nous empêche pas d'avoir tant en commun ! « Ah, vous êtes frère et sœur ? Ça se voit, vous vous ressemblez ! » Combien de fois avons-nous entendu ces

mots-là ? Combien de fois nous nous sommes souri, complices, l'un ou l'autre finissant toujours par expliquer : « Nous sommes frère et sœur mais Tom est colombien. Il est adopté. » Et toujours, l'étonnement, la curiosité, et chaque fois, une fierté et un plaisir partagé de dévoiler cette singularité qui nous appartient.
Pour moi, notre lien a toujours été de soi, il est physique, viscéral, tu es mon frère, je suis ta sœur.
C'est comme si le même sang coulait dans nos veines.
Nous sommes comme des jumeaux, pas besoin de mots pour nous comprendre, nous nous connaissons par cœur.
Le parcours a été difficile, l'est toujours parfois, mais c'est notre richesse, notre fierté, notre marque de fabrique.
Nous sommes tous grandis par ton histoire et nous continuerons à grandir avec.
J'ai aujourd'hui l'impression de faire corps avec elle et qu'elle m'emmène vers de nouveaux récits insoupçonnés.

Alors, je voudrais te dire merci et te demander : à quand notre voyage en Colombie ?

Jane, ta sœur qui t'aime

Courriel d'Alveiro à Tomás[78]
le dimanche 16 novembre 2008 17 h 03

Salut Tomás,
J'espère que tout marche bien pour toi et pour la famille aussi.
Je vais te raconter quelques nouvelles para rapport á ton père colombien.
Il se trouve que ton père est quelqu'un de ta famille ; il s'appelle JORGE BERNARDO CLAVIJO, il est un frère de ton grand-père, ça veut dire qu'il est un oncle de ta mère Gloria. Il est vivant, il est un prêtre d'une église á Pasto (ville au sud de Colombie, frontière avec l'Équateur). Il est un peu âgé il a presque 70 ans. Selon l'histoire, ta mère Gloria t'a laissé chez "los Pisingos" car la famille ne pouvait pas savoir l'histoire du père du petit de Gloria (ça veut dire toi) car Jorge Bernardo était un prêtre et une personne "importante" de la famille. L'idée de te laisser chez "Los Pisingos" a été de ta grand-mère Evelia. Jorge Bernardo était au courant de ton existence, il envoyait de l'argent à ta mère et ta grand-mère pour te nourrir, pour te maintenir bien, mais tu étais déjà chez los pisingos, même elles recevaient de l'argent quand tu étais déjà en France, la famille fait responsable à ta grand-mère Evelia de l'idée de te laisser en adoption De plus, depuis ta visite au paradis du monde, ça veut dire Colombie, et que plusieurs des personnes de ta famille colombienne t'ont connu, la relation de Jorge Bernardo avec sa famille est nule, plusieurs personnes n'étaient pas au courant de ton existence, ni étaient pas au courant de qui été ton père biologique, même Roddy il ne savait pas.
On a retardé un peu en te raconter cette histoire, car on était pas sur si tout était vérité, on trouve que c'est une information importante. Ma mère dit, que tu as eu de la chance d'avoir été adopté pour une merveilleuse famille française qui t'a tout donné et que maintenant t'es une personne importante (pour ça tu es le gars le plus fort à Paris), nous les gars nés en Colombie, nous sommes la race la plus fort du monde (je plaisante bien sur).
Voilà la nouvelle, j'espère que cette information ne soit pas une

[78] *À cette époque Alveiro ne maîtrisait pas encore la langue française.*

situation de tristesse ou de faire mal à la tête, simplement c'est une nouvelle comme complément á ton histoire de vie. De plus, j'ai préféré en parler à ta mère Corinne pour savoir si elle était d'accord de te raconter cette nouvelle, j'espère que tu sois d'accord aussi. Je trouve que on ne doit pas te cacher cette information, et de plus je trouve que c'est plus facile d'en parler dans ta famille. Une autre fois je m'excuse pour mon retard d'en parler.
Chao mon pote, un bonjour de ma part à tes parents et à Janne ta sœur (je ne sais pas si c'est bien écrit).
Ma mère t'embrasse fortement.
Alveiro

Voilà une petite jubilation pour Tomás
Oncle Michel[79], 29 juin 1987

Tomás déjà deux

Tomás, né. Pas d'ici
Vint par outre Atlantique
De Bogotá city

Filière colombienne
Un peu desperados
À l'âme amérindienne

Six mois que Columbia
Éclata dans le ciel
Devant les yeux media

Pendant que les Gringos
Sur un air de café
Rejoignaient les négros

Avant que le volcan
N'engloutisse de boue
L'anonymat du sang
Naît Tomás. En été
Le 29, vers une heure
Décalée GMT

La mère a trop d'enfants
Le père se grignote
Les doigts d'énervement

Abandon de saisine
Ils soufflent la chandelle
Vont voir chez la voisine

Anonyme vécu
Juste dans un exil
Auprès des sœurs bourrues

Fut remis, héritier
À l'hombre ashkenaze
La femme du Sentier

Quenottes dans le dos
Tout sourire, aux éclats
L'inspecteur Colombo

Assis sur le côté
De la maison, parfois
S'arrête de marcher

Il songe au kaléi-
doscope de Bogota
À l'oiseau de Sucy

Tomás déjà, deux vies
De quoi savoir aimer
Pour un non, puis un oui

[79] *Michel était le frère de David, l'oncle de Tomás.*

Remerciements

À David, mon compagnon de quarante ans de vie, pour ses encouragements et son regard bienveillant, lui qui avait la musique et l'écriture chevillées au corps.

À Judith Vernant, talentueuse traductrice et intraitable gardienne de la langue française, sans qui ce texte n'existerait probablement pas.

Aux amis qui ont consenti de bonne grâce à jouer les lecteurs cobayes et ont, à l'occasion, débusqué les accords fautifs du participe passé.

À Tomás pour sa mémoire infaillible.

À Jane pour son ultime lecture minutieuse.

Merci aussi de tout cœur à Rosa, notre enquêtrice magnifique et « greffière » rigoureuse, et à son fils Alveiro pour sa participation active et son amitié attentive.

Achevé d'imprimer
par SEPEC NUMÉRIQUE
à Péronnas - France
en mai 2023

ISBN 978-2-494119-03-1

Dépôt légal 2e trimestre 2023

Rivière Rouge

1 Place de l'Église – 46160 Cajarc
Tél. 09 62 03 18 96
contact@riviere-rouge.fr

PEFC 10-31-3532